盲目の公爵令嬢に転生しました

登場人物紹介
カイル
アリシアの婚約者で第五王子。
アリシアのことを溺愛していて、
彼女には頭が上がらない。
アリシアには決して見せないが、
やや腹黒く策士な一面もある。
アリシア
前世の記憶を持つ、盲目の公爵令嬢。
明るくて超前向き。せっかく転生したので、
この世界を楽しみ尽くそうと
自由奔放に過ごしている。
カイル子供時代
アリシア子供時代

アンネマリー＆スティーブン
アリシアの母と父。アリシアのことは
目に入れても痛くないくらい
溺愛している。
ケイト
アリシアの侍女。
幼い頃からアリシアの面倒を
見ていて、彼女のよき理解者。
エミリア
カイルの学校の友人。
新進気鋭の男爵家の令嬢。
発明家の顔も持っていて、
一部の学生や市民から
猛烈な支持を得ている。
エリック
カイルの学校の友人。
騎士団長の息子でやや脳筋。
剣と魔法の腕は一流。
カーライル
カイルの学校の友人。
公爵家の嫡男で、アリシアの従兄。
軟派な外見に反して、性格は真面目。
カイルにも一目置かれている。

第一章　公爵令嬢に転生しました

「もう、駄目かもしれません」
苦しい息の向こうで、主治医の先生が、私の両親に残念そうに話す声が聞こえてきた。
私はどうして？　と言いたかったのに、息が苦しくてなにも言葉にできない。
死んじゃうの？　私？
たった十八年の人生だなんて……
しかも、その半分以上は病院のベッドの上だっただなんて……
喘息《ぜんそく》の発作が、いつもより長いだけじゃないの？
そんな……まだ、なにもしてないのに。
そんな……そんな……そんな……、生まれ変われるなら生まれ変わりたい！
ううん、絶対に生まれ変わってやる!!
――そう強く心から願ったところまでは覚えている。

〜・〜◆アリシア〇歳《ゼロ》◆〜・〜

「あらあらアリシアちゃん？　どうしたの？」

優しい声が聞こえてきて、私の体が誰かにふわりと抱き上げられた。

「お腹が空いたのかしら？　ミルクの時間はまだだった？」

「はい、奥様。一時間後でございます」

「そう？　じゃあオムツかしら？　ケイト、確認してあげてくれる？」

その声を合図に、私は別の誰かに渡されて、オムツを替えられた。

初めこそかなりの違和感と羞恥心が湧いてきて、暴れてみたりしたが、今の自分では暴れてもなんにもならないとすぐに悟った。


そうなのです!!　私、転生しました（記憶付き）！


人間、最期の時でも願ってみるものだよね！

不思議なことに、気が付くと、私は十八歳の女の子ではなく赤ちゃんになっていました。

なにかの冗談みたいだけど、本当の話みたい。

だって体は満足に動かないし、声も泣き声くらいしか出せないし、なんといってもヒョイと抱き上げられるのだ。

ここが巨人の国でもない限り、自分が赤ちゃんになったということでしょう？

ただ、残念なことにまだ目が見えないので、周りの様子がよくわからないの。

まぁ、生まれたての赤ちゃんは、目がよく見えないっていうから、そのうち見えるようになるかなと思います。

あと、ここは日本ではないみたいなのです。

言葉も初めは理解できなかったの。でも、不思議なことに、三日くらいすると、翻訳機でも使ったみたいにわかるようになりました。

やっぱり、赤ちゃんの能力は侮《あなど》れないよね。

文明は日本と同じくらい栄えてるようだから、現代に近いのかな。

中世ヨーロッパ風の世界なのかなとも思ったんだけど、電気や水道、ガスなどもあるみたいだし、掃除機っぽい音も聞こえるからね。

私のパパさんは公爵と呼ばれていて、私もお嬢様なんて呼ばれている。

貴族制度があるのでイギリスかな？

まぁ、その辺りのヨーロッパの国だと思っています。

流石《さすが》、公爵家。私の家にはたくさんの使用人がいるみたい。

お世話係も覚えている声だけで五人はいる。基本ママさんは抱っこはするけれど、ミルクやオムツは使用人任せだからね。

あっ、でも凄《すご》く可愛がってくれています。これは本当です。

あと、パパさんも仕事から帰ってきたら、すぐに私の部屋に来てくれるくらいかなり溺愛されています。

そんな感じで、私の新しい人生は順風満帆《じゅんぷうまんぱん》に始まりました！

前世は喘息《ぜんそく》でいつも苦しかったし、出かけられたのも数えるほどだったから、今世では元気に遊び回ろうと決めています。

そうして私は来る日も来る日も、大きくなるために頑張った。

いっぱいミルクを飲んで、足バタバタ運動なんてお手の物。

そんなこんなで、赤ちゃんながら忙しく過ごしていた私が、生まれて三ヶ月目に衝撃的な話をされたのです。

「え、本当ですか⁉　そんな……」

ママさんの悲痛な声でお昼寝から目覚めた私は、「どうしたの？」と言ってみた。

「バブブ」

「アリシアちゃん……可哀想な子」

「アリシア……」

ママさんは私を抱きしめて泣き出し、パパさんも私の顔を何度も撫でる。

一体全体なにがあったの？

両手をバタつかせて訴えると、別のおじさんの声が聞こえてきた。

「誠に残念ですが、アリシア様は目がお見えになりません。先天性のものかと思われます」

「……え？」

思わず出た言葉はちゃんと「え？」になるのかとどこか冷静に思ったが、頭の中は大混乱だった。

目……見えないんだ。

まぁ確かに生まれて三ヶ月目なのに、まだ目が見えないなぁとは思っていたけど。

ママさんもパパさんも、すこーし心配そうにしていたけど。

まさかねと、あまり本気にしてなかったことが、本当になっちゃったのか……

前世は喘息《ぜんそく》で、今世は盲目ですか？

神さま！　酷すぎます!!

呆然とする私を抱くママさんが、声を震わせて言う。

「先生。魔法で、治癒魔法で、治すことはできないんでしょうか？」

「それはやってみないことにはなんとも言えませんが、難しいと思われます。先天的な視覚障害が、魔法で回復したという前例がありませんので……」

「そんな……」

「それに、大変申し上げにくいのですが、アリシア様は魔法自体も使えるかどうかわかりません」

「目が見えない上に、魔法さえも使えないかもしれないのか！」

「あなた、アリシアちゃんが驚いてしまいますわ」

声を荒らげたパパさんをママさんが宥《なだ》める声がした後に、お医者様と思《おぼ》しきおじさんの気配が静かに去ったのを感じた。

私は突然の盲目診断と、まさかの魔法世界にショックを受けていた。

ここは……イギリスじゃなかったの？　魔法があるなんて、まったく別の世界ってこと？

頭の中が、パンクしそうなほど張り詰めていた。

すると、突然動きを止めた私に、心配げな声でママさんが話しかけてくる。

「アリシアちゃん？　どうしたの？」

「う、う、う、うわーーん」

その優しい声に、私の涙腺が一気に決壊して、今までにないくらい大声をあげて泣いた。この理不尽な巡り合わせに腹は立つし、魔法なんて訳のわからない物の存在に恐怖を感じる。

泣き声の向こうで、ママさんやパパさんがオロオロしている声が聞こえたけれど、気持ちを鎮めることができない。

爆発しそうな感情が、出口を求めて体中を駆け巡るようだった。

そのまま泣き疲れた私が、グスングスンと鼻を鳴らしながらうつらうつらしていると、ママさんとパパさんの会話が耳に入ってきた。

「アリシアちゃん、大丈夫かしら？　こんなに泣くなんて初めてで……心配だわ」

「本当だよ、私もびっくりしてしまった。ただ、乳母は疲れただけだから大丈夫だって言っていたし、平気だと思うよ。アンネマリー」

「でも、アリシアちゃんの目が見えないだなんて……」

「アンネマリーのせいじゃないよ。私もおかしいと思っていたのに、診察を先延ばしにしてしまったんだ。こんなに美しい瞳が見えていないなんて、今でも信じられない」

「その通りですわ。しかも、魔法でも治せないなんて……。本当に魔法が使えないとなったら、あまりにもアリシアちゃんが不憫《ふびん》です。わたくしでさえ、魔法がない生活なんて耐えられませんのに」

「ああ、そうだね。これから治癒魔法や生活魔法について色々と調べてみるし、王宮魔術師や魔法に詳しい知り合いにも聞いてみるよ。きっと大丈夫だよ、アンネマリー」

「お願いしますわ。スティーブン」

「ただ、その結果がわかるまでは、アリシアには魔法のことは話さずにしておこう。目が見えない上に、誰もが使える魔法さえ使えないなんて可哀想だからね。これからもアリシアのためにできる限りのサポートをしよう。アリシアは私達の娘だ。こんなことに負けはしないよ」

「そうですわね。わたくしもアリシアちゃんのために、できることはなんでも頑張りますわ」

もうほとんど眠りに落ちている頭に、二人の色々な言葉が響く。

治癒魔法？　生活魔法？　私のわからないことばかりだ。

でも、まず、私はママさんとパパさんの会話を聞いて、私のことを真剣に考えてくれる二人のもとに生まれてこられたことだけは、心から神様に感謝しようと思った。

～・～◆アリシア三歳◆～・～

あの衝撃の診断からあっという間に三年が経った。

私は三歳となり、目が見えない以外は健康で元気に育っている。あれから目のことはしょうがないと諦めて、楽しく過ごすと決めたのだ。

「おかーしゃま、どこでしゅか？」

前世の記憶を持ったまま赤ちゃん言葉はキツイが、舌が上手く回らないのだから仕方がない。私はママさんを捜して屋敷の中を歩いていた。

目は見えないが、この三年で公爵家の屋敷の中はなんとか一人で歩いても大丈夫な位には把握《はあく》している。

屋敷を歩き回っている時、転びそうになると必ず誰かの手がスッと差し出されるから、きっと周りはお目付役で一杯だったりするのかもしれない。

私はなんとか壁を伝って、記憶にあるママさんの部屋にたどり着いた。

結構疲れるのよね。子供の足だと。

「おかーしゃま？」

私はドアをうんしょと押し開けてから、中に向かって再度呼びかけてみた。

するとすぐに中から侍女の返事があって、次いでママさんの声が聞こえた。

「まぁまぁ、アリシアちゃん。どうしたの？　今はお母様と遊ぶ時間ではなかったでしょう？　約束は守らなければなりませんよ？」

ママさんの優しく注意する声が聞こえたと思ったら、すぐに柔らかな腕に抱っこされた。私はその温かい腕に全身を預けて、いつものように甘えてみる。

「ごめんなしゃい。おかーしゃま」

するとママさんの腕に少し力が入って、ギュッと抱きしめられてから、優しく頭を撫でられた。

その手が心地よくて、自然と頬が緩《ゆる》む。

へへへ、嬉しいな。

やっぱりママさんのことは大好きなのです。

前世の年齢を考えると、姉妹くらいの年の差かもしれない。けれど、やっぱり三年もママさんをしてもらうと体に気持ちが引っ張られるのか、今ではママさんもパパさんも両親として大好きです。

毎日のように可愛がってもらっているからか、日に日にこの両親に対する信頼が強くなっていく。

「アリシアちゃんは一体何故お母様を捜していたの？」

ママさんの不思議そうな声に、顔を上げて今日の目的を話してみた。

「おかーしゃま、アリシアはお外に行ってみたいでしゅ。お外であそんでみたいでしゅ」

私は自称必殺スマイルを浮かべて、ママさんにおねだりしてみた。

そうなんです。ママさんもパパさんも私の目が見えないとわかったら、物凄《ものすご》い心配性になっちゃったんです。

だから、私の周りには常に誰かが側にいるし、なにかが欲しいと言えばサッと差し出される。基本、屋敷の中は自由にさせてもらってるものの、外には一歩も出たことがない。

確かに、目が見えないから心配するのもよくわかるし、このことが判明してからも変わらず溺愛してくれているのは嬉しいんだけど……そろそろ外に行きたくて仕方がなかった。

だって、風や花の匂いとかは見えなくても感じられるでしょ？

「そうねぇ。アリシアちゃんはお外でなにがしたいの？」

そう聞かれた私は、首を傾げて考えた。

確かに生まれつき目が見えないなら、本来、外とはなにか知らないと思うのが普通だろう。でも、無理だよね。

私は知ってるもん。

想像できちゃうもん。

風も花も空も太陽も陽の光の暖かさも、全部を知っているんだもん。

私は、青空の下で揺れる花畑を想像してにっこりと微笑んだ。

「お花を触ってみたいでしゅ。あと、お砂であそんでみたいでしゅ」

普通は目が見えないと、物の形を理解するのは難しいのかな？

確か前世で盲目の人の伝記を読んだ時、そんな話が書いてあったけど、知ってるんだからしょうがない。

私は、昨夜読んでもらった本の中に出てきた、花の名前を言ってみた。

「えっと、コスモスやチューリップとかに触ってみたいでしゅ」

「ふふふ、そうなのね。わかったわ。お母様と一緒にお外に行ってみましょうか？」

思いの外あっさりオッケーをもらえたので、拍子抜けする。

両親は過保護すぎるから、てっきり外にも行かせてくれないと思ってたけど、違ったのかな？

やっと走っても苦しくない元気な体を手に入れたんだから、思いっきり動かしたい。

こうして、私は三歳にして初めて屋敷の外（庭）に出ることになった。

ママさんは一旦私を乳母に渡して、上着を着せるように言うと、後でね、とどこかに行ってしまう。

私は、乳母達がかなりの時間をかけて着せてくれた上着に心の中で「これはないよ!!」と叫んだ。

なんと着替えさせてくれたのは、物凄《ものすご》くモコモコした服で、両脇の下が服の厚みで浮いてる。

更に、足元もいくつも重ね着しているため動かしづらい。

「まあまあ、アリシアちゃん準備はできて？　あら？　可愛いわ！」

ママさんの優しい声になんとか気を取り直して歩いてみたが、無理でした。数歩歩くと、服の重さで足がプルプルするのだ。

すぐに息が上がって、ゼーハーレベルになり、前世の喘息《ぜんそく》の記憶が蘇《よみがえ》る。

「おかーしゃま、おもたいでしゅ」

ギブアップを宣言した私を前に、ママさんが優しい笑い声を立てる。口を尖《とが》らせて、悔しい気持ちになっていると、突然ガッチリとした逞《たくま》しい腕にヒョイと抱っこされた。

「じゃあ、今日はお父様も一緒にお散歩に行こうかな？　アリシア」

そう言って頬を寄せてきたのはパパさんでした。

「ふふっ。あなたったらお仕事はよろしいの？」

「当たり前じゃないか。アリシアの初めてのお散歩だろ？　ついて行かない訳がないよ」

結果として、私はガッシリと抱っこされたまま、初散歩を終えた。

いや、だから、走ったりしたかったのに……結局一歩も下ろしてもらえませんでした。

残念だったけど、大事なことはわかりました。

今は冬みたい、しかも極寒。

風は冷たく、花の香りなんて皆無でした。

この服の意味が、パパさんが屋敷の外に一歩踏み出した瞬間わかりましたよ。

ここは北欧かな？　くらいの寒さ。

そして、私は新しい言葉を覚えました。

「寒いの嫌だ」

しかし、この散歩の時の私が余程お気に召したのか、両親は、その後も何度も何度も散歩に誘って来るようになった。

その度に「嫌だ。行きたくない」と言って断っていたけれど、それもまた可愛い、と困った両親は喜んでいたのだった。

～・～♠父の願い♠～・～

アリシアの父スティーブンは、アリシアが可愛くてたまらなかった。

やっと授《さず》かった娘で、妻のアンネマリーはそれほど体が丈夫ではなかったため、たった一人の娘だった。

もちろん目が見えないと言われて、ショックがなかったとは言わないが、それでもアリシアを愛しく思う気持ちは全く変わらなかった。いや、それ故に愛しさが増した。

一時期はなんとか魔法で治してみようと、何人かの治癒師を呼んで魔法をかけてもらったがすべて失敗してしまった。

スティーブンはガックリと落胆《らくたん》したが、アリシア自身が魔法を使えるか否かについては、少し希望が生まれた。

ある治癒師が、かなり難しいが訓練すれば生活魔法くらいであれば使えるようになる、と教えてくれたのだ。

ただし、それには高等教育レベルの知識と高い想像力が必要だと言われてしまった。

魔法を使う上で必要なのは、発動した後をイメージすることだ。目の見えないアリシアに、具体的なイメージを持たせるのは至難の業《わざ》である。だが、ここであっさり諦めてしまっては、将来的に傷つくことになるのはアリシアだ。

スティーブンはその話を聞いてから、アリシアに少しずつ教育を施《ほどこ》し始めた。

そんなある日、アリシアの教育係の報告書にあった一文に目が留まる。

とても優秀だが、同時にとても変わっている、というものだ。

普通は目が見えないと、物の形や色という概念は、理解するのにかなりの時間を要するはず。

しかし、アリシアはまるで初めから知っているかのように、すぐに理解してしまったらしい。

言葉も三歳にしては、とてもしっかりと話せるようで、目が見えていたら天才と呼ばれただろうということだった。

更に、あの外見……

スティーブンは娘の姿を思い浮かべる。

アリシアは、社交界の華と言われたアンネマリーの凛《りん》とした美しい顔立ちはそのままに、白に近い華やかなプラチナブロンドの髪と、宝石のような紫の瞳を持っていた。

この色彩はスティーブンから受け継いだものだ。

誰もが将来の美しさを想像してしまうくらいの可愛らしさである。

その上、この国でも五本の指に入る有力な公爵家の跡取り娘ということで、盲目と公表したにもかかわらず、既に婚約の打診が数多く届いていた。

その中には王族でさえも、含まれている程なのだ。

可愛い娘の夫などまだ考えたくなくて、今のところはすべて断っている。一方で、誰を婿《むこ》にするかによって、公爵家とアリシアの将来が決まることは重々承知の上だ。

じっくり吟味《ぎんみ》しなければならない、とスティーブンは一人、深いため息を吐くのだった。

〜・〜◆アリシア五歳◆〜・〜


「わーー！　気持ちいい!!」

私はやっと五歳になった。

公爵家の庭園には、パパさんが私用に少し突起のある石畳を、前世にあった点字ブロックのように配置してくれて、一人でも道から外れずに歩けるようになった。

でも、流石《さすが》に一人だとなにがあるかわからないので、必ず一人は侍女を連れて歩くようパパさんに口酸っぱく言いつけられている。

相変わらずの過保護で心配性です。

そして、今も侍女に手を引かれて、庭園をお散歩している。

私は爽やかな風と太陽の暖かさを体いっぱいに感じ、満面の笑みを浮かべた。

「そろそろお戻りになられますか？　お嬢様」

前を行く侍女のケイトが一旦足を止めて聞いてくれる。

「ううん、もう少し歩きたいな。芝生《しばふ》広場に行ってもいい？」

「はぁ、承知しましたが、お気を付けてくださいませ」

すでに外に出てから一時間以上歩き回っているのに、まだ遊ぶ体力があるのかと、ケイトは少し呆れた調子で返した。

「はーい」

芝生《しばふ》広場とは私専用の運動場で、大きな木と木の間に紐《ひも》を渡してある広場だ。

そこならば、盲目の私でも紐《ひも》を伝って思いっきり走れる。

早速ケイトが手を引いて紐《ひも》を握らせてくれた。

「どうぞ。お嬢様」

「うん！　ありがとーー！」

私は屋敷の中ではできない全力疾走を試みる。

私のために用意された場所とはいえ、流石《さすが》は公爵家の庭園。端から端まで体感で百メートルはあるかな？　という感じだ。

五歳の私には結構走りがいがある。

「わーい！　はやーい」

すぐに息が上がってしまうものの、全身を使って動く気持ちよさに自然と顔が綻《ほころ》ぶ。

「はぁはぁはぁ。まだ、走れるよーー！」

前世は喘息《ぜんそく》で走ることなどできなかったので、楽しくて仕方がない。

私は、一番端にある木まで走り、今度は回れ右して元の木まで戻るという行為を、何度も何度も繰り返した。

何往復かして思う存分に走ると、その場で寝転んで息を整える。気持ちいい疲れが全身を支配する。

ここまでがこの広場に来た時のお決まりだった。

「お嬢様？　ご満足ですか？」

「うん。楽しかったよ。ありがとね。ケイト」

頭上から優しい声で問いかけるケイトに、私は寝転んだまま返す。

五歳になったので、勉強する内容も増えてきた。もうすぐ家庭教師がやってきて、マナーの勉強が本格化するらしく、こんな自由な時間は今だけなのだ。

「お嬢様のお転婆にも困りましたわ」

ケイトの囁《ささや》きは私の耳にはよく聞こえた。

やはり目が見えないからなのか、その他の感覚は異常に優れている。特に音には敏感で、かなり小さな音でも聞き分けられるのだ。

『カサリ』

その時、広場の奥から微かになにかが動く音が聞こえた。

ケイトはまだ気付いていないらしく、私は慌てて起き上がり、音の方に耳を向けた。

『ガサガサ』

なにかが動いている。

「ケイト！」

「おい、おまえ！　ここでなにをしている⁉」

私の叫び声に被せるように、男の子の声が響く。

私は「え？」と声の方を振り向いた。

「おい！　誰だと聞いているのだっ」

「も、申し訳ございません!!」

なんだかとっても偉そうな声に私がキョトンとしていると、ケイトが焦った声をあげ、勢いよく私を抱きすくめた。

「ケイト？　どうしたの？」

「名を名乗れ。ここは王家所有の森だぞ！」

「え？　公爵家の広場だよ？」

突然やってきて、上から目線で怒鳴《どな》る男の子があまりに生意気だったので、思わず私は言い返した。

「公爵家の？」

「うん。お父様はこの森まではうちの領地で、ちょっと先の森から王家のものだって言ってたよ」

「……おい！　本当か？」

男の子は、後からやってきた誰かに聞いているようだ。

パパさんはいざという時の王家の避難経路として、わざと繋《つな》げているんだよって言ってたんだけれど……大丈夫かな？

二人はコソコソと話した後、男の子は偉そうに言い放った。

「お前の言った通りだな。帰るぞ！」

そう言って向きを変えたらしい男の子に、私はカチンときてきゅっと眉根を寄せた。

「ちょっと待って！　帰る前にさっきの失礼な物言いを謝るべきよ。だって、間違えたのはあなたじゃない！」

「なんだと！　僕を誰だと思ってるんだ！」

「知らないよ。自分で名乗りなよ！」

「生意気な女だな！　ちゃんとこっちを見て話せ！」

「見えないんだから、仕方がないでしょ！」

「え!?」

驚いた声をあげる男の子に、隣に控えているお付きの人が言う。

「殿下！　こちらはホースタイン公爵家のご令嬢かと思われます」

「……ああ、そう言えば聞いたことがあるな。お前が公爵家の優良物件か!?」

「優良物件？」

「なんだ？　知らないのか？　城では皆が話しているぞ？　目が見えない跡取り娘はお買い得だと。なんのことかはわからないがな」

ふふんと威張《いば》る男の子のことを、お付きの人が急いで止めに入る。

きっと、この子はなんのことかわからずに言ったんだろうけれど、私は自分が外からどう見られているのかをその時初めて知った。

「なるほどね。確かにそうかもね」

少し考えるように呟くと、男の子のお付きの人が慌ててフォローを入れた。

「大変申し訳ございませんでした。ホースタイン公爵令嬢アリシア様とお見受けいたします。私は第五王子カイル・サーナイン殿下の側近をしております、クラウドと申します。殿下の度重なる失言、殿下に代わりまして、お詫《わ》び申し上げます」

見えないけれど、なんとなく土下座してるみたい。後ろの殿下はそのままかな？

「ふん、盲目なら仕方がない。お前の無礼も許してやる」

「殿下！」

あまりにも上からの物言いに、私は逆におかしくなってきた。

だって前世で本で読んだ王子様とはかけ離れた態度で、負けず嫌いの威張《いば》りんぼなんだもの。

「もういいよ。私はアリシア・ホースタイン。五歳よ。あなたは？」

「……カイルだ。同じ年だな」

気まずげに自分の名前を言う王子様に、私はニカッと歯を見せて笑いかける。

「折角だから一緒に遊ばない？」

「お前は目が見えないのだろう？　なにができるんだ？」

「駆けっことか？　ほら、いっくよーー」

そう言って紐《ひも》を手探りで探すと走り出した。

すると、後ろから「ずるいぞ」という声が聞こえて、追いかけてくる気配がする。

「早くこのロープの端についたほうが勝ちだよ!!」

「おまっ⁉　待て！」

「あはは、やっだよーー！」

そうして、私は王子様と何度も駆けっこをして遊んだ。

初めて同じ年の子供と遊ぶのは、楽しくて仕方がなかった。

しかも、私はかなり足が速いらしく、王子様に全勝したから気分もいい。

「はぁはぁ。また、勝った！」

「はぁはぁ。お前速すぎだぞ！」

芝生《しばふ》に座りこみ、笑みを浮かべる私の隣に、息を切らした王子様がドサリと勢いよく腰を下ろす。

「だって毎日ここで走ってるもん。王子様は？」

「カイルでいい。僕は剣の稽古《けいこ》で走るくらいだな」

「じゃあ、カイルって呼ぶね。ねぇ、カイルはどうしてこんな森の奥まで来たの？　お父様からは、王家の敷地からここまで、子供の足ではかなり距離があるって聞いたよ」

「…………」

私が尋ねると、カイルはボソボソとなにやら呟いた。しかし、その声はあまりにも小さく、きちんと聞き取れない。

「なに？」

「……勉強さぼってきたんだよ！」

少しの沈黙の後、自棄《やけ》になって叫ぶカイルに、私は小首を傾げた。

「勉強？」

「ああ。歴史とかちょーつまんないぞ。僕は剣の稽古《けいこ》のほうが好きだ」

「でもさ、いいじゃん。私なんて目が見えないから、本とか読めないよ。歴史の本が読めるなんて、すっごく羨《うらや》ましい!!」

「そ、そうか？」

「そうだよ！　私もこれからマナーの勉強が始まるけど、そういうことも勉強したいな」

両手を組んでキラキラと目を輝かせる私の横で、カイルが小さな声で言う。

「お……お前が知りたいなら、僕が教えてやってもいいぞ」

「え⁉」

「お前が知りたいことを僕が勉強して、ここでお前に話して聞かせてやってもいいと言ってるんだ！」

「ほんと？」

「ああ。だって、お前は本を読んだりできないんだろ。しょうがないなっ」

妙に早口で言うカイルを不思議に思いつつも、私は嬉しくなって微笑んだ。

「アリシアでいいよ。カイル、ありがと。ほんとに嬉しい！」

私がお礼を言うと、カイルが少し言いにくそうに聞いた。

「ア、アリシア。一ついいか？」

「ん？」

「お前……本当に見えないのか？」

「うん。見えないよ」

「ちょっと、いいか？」

そう言うと、カイルは私の顔に両手を添えて、少し上を向かせる。

私は見えない目を、目一杯広げてみた。

「こんなに澄んだ紫なのにな……」

残念そうなカイルに明るい声で返す。

「そんな声出さないで。結構楽しいんだよ？　屋敷の中ではいつでも冒険気分だし、色々な物を想像してみると、とっても楽しいの！」

「っ!!」

私はカイルのいるほうに向かって、満面の笑みを浮かべる。

カイルの息を呑む音が聞こえた後、彼は慌てて立ち上がった。

「どうしたの？」

「か、帰る。明日も来られるのか？」

「うーん、多分今くらいの時間なら大丈夫かな」

「わかった。知りたいのは歴史だけか？」

「うん。今のところね」

「そうか。じゃあまた明日な」

それだけ言うと、カイルはクラウドさんを連れて王家側の森の中に帰っていった。

私がカイルが歩いて行ったほうに顔を向けていると、後ろから声がかかる。

「お嬢様、お言葉遣いをもう少しお勉強されたほうがよろしいですね」

ケイトは呆れたようにそう言いながら、手を引いて立たせてくれた。

「やっぱり王子様には失礼だった？」

「さようでございますよ。カイル殿下がお許しくださったのでよかったですが、厳しい方でしたら不敬罪に問われます」

「えー。私はまだ五歳だよ」

「それでもです」

「はーい」

私は、帰り道にケイトからお小言を言われながらも、明日もカイルと遊べることにワクワクしていた。

やっぱり子供は、子供同士で遊ぶのが一番楽しい。

それから私とカイルは、毎日のように広場で遊んだり、話したり、本の内容を聞いたりして過ごしたのだった。

~・~◆アリシア七歳◆~・~

そんなこんなで、私は七歳になりました。

相変わらず、カイルとは週三回くらいは広場で会って遊んでいるが、午前中は家庭教師の先生と勉強することが多くなった。

「——となっております。お嬢様？　アリシアお嬢様！」

「あ！　ごめんなさい。あまりにいい香りがしてきたので……」

私は、外からふわりと漂ってきた花の香りに、顔を綻《ほころ》ばせた。

あの極寒のお散歩から数ヶ月後にやってきた春、念願のお花畑で走るという夢を叶えて以来、庭に咲く花の香りが大好きなのだ。

「まぁ、いいでしょう。今日の授業はここまでにいたしますので、明日までにきちんと復習をなさってください」

「はい」

そう言うと先生は部屋を出ていった。

私は前世でいうボイスレコーダーに向かって「録音停止」と呟くと、それをテーブルの上から手探りで見つけて手に取った。

この世界はやはり、前世の世界と同等、もしくはそれ以上の文明を有しているらしい。

多分機械なのだとは思うが、手に取ったボイスレコーダーには一つもボタンがない。触り心地もツルツルで、言うなればそこら辺に落ちている石のようだ。

でも、私が録音と言えば声を録音してくれるし、再生と言えば流れるし、昨日の数学と言えばその授業が再生される。

今のところ、全ての授業のノート代わりに録音しているけれど、容量不足になることもない。凄《すご》いよね。技術の進歩？　それともこれが魔法なのかしら？

私の両親は赤ちゃんの頃に話していた通り、私に魔法の存在を明かしていない。完璧に秘密を守り通している。

それでも彼らの話をちゃんと聞いていた私は、これが魔法？　それともこれ？　と考えていたが、疑わしくても結果としては全くわからなかった。

誰かに聞いてみようかと考えもしたが、両親が私のために隠しているなら、話してくれるまで待つべきだろう。

それまでは、便利な道具として使うだけでいい。

「誰か来て」

私が部屋で呟くと、あっという間に侍女がやってきた。

これも凄《すご》く不思議なのだ。

その部屋に誰もいなくても、呼ぶだけですぐに来てくれるから、防犯カメラ的なものがあると踏んでいる。

監視されているようだが、自分ではできないことも多い私にはありがたい。

「なにか御用でしょうか？　お嬢様」

「あっ、ケイトなの？　よかった。お母様にお勉強が終わったと伝えてくれるかしら？　ランチをご一緒したいの」

声を聞いてやってきたのが、昔からお世話をしてくれているケイトだとわかり、伝言をお願いした。

こんな花のいい香りが漂っている時に、一人で部屋の中で食事など取りたくない。

普段、朝食は家族全員で取るが、ランチやディナーは各々取ることも珍しくない。これは私がまだ子供であっても、この世界の貴族社会では普通のことらしい。

「かしこまりました。ランチはどちらで召し上がりますか？」

「うーん。お花のいい香りがしてるから、テラスがいいわ」

「かしこまりました」

そう言うとパタンと音がしたので、ケイトが退出したことがわかった。

私はドアから窓のほうに顔を向けて、もう一人の気配に向かって声をかけた。

「えっと、あなたはだーれ？」

すると、明るい笑い声と共によく知っている声が答える。

「なんだ、気付いていたのかい？　お父様はアリシアを驚かせたかったのに」

足音の癖でパパさんだとは思っていたので、声のしたほうに笑顔を向ける。

「やっぱりお父様だったのね？」

ふふふと笑って手を前に出すと、大きくて温かい腕に包まれた。

「僕のお姫様をテラスまでエスコートしてもよろしいですか？」

戯《おど》けた調子で言うパパさんに声を立てて笑うと、私はその腕にギュッと抱きついた。

「抱っこしてくれるなら喜んで!!」

七歳になって、色々なことを勉強してきたけれど、変わらないものが二つある。

それは見えない目と、両親の愛情。

流石《さすが》の私も、真っ暗な世界に何度か心が折れそうになったが、その度にこの優しい両親は私を支えて応援してくれたのだ。

だから、私は今世の両親のことが大好きだ。

ガッシリとした腕に抱かれてテラスに出ると、ふわりと花の香りに混ざって、優しい安心する匂いがした。

「お母様！」

パパさんに下ろしてもらい、その香りのほうに向かって手を伸ばして歩いた。

すると、数歩歩いたところで柔らかな腕に抱きしめられる。

「あらあら、わたくしの可愛い娘は元気かしら？」

「ええ！　お父様に抱っこしてもらいましたの！」

「ふふ、もう貴女はレディなのよ。きちんとエスコートされて歩かなくてはダメじゃない。ステイーブン、あなたもよ！」

「「はーい」」

パパさんと私の声に、ママさんの笑い声が重なる。

ほんとに幸せだなぁ。

盲目であることを差し引いても、私は今の人生に心から感謝している。

両親との楽しいランチの後は、恒例の広場遊びの時間だ。

五歳のあの日から、私とカイルは結構な頻度で会っていた。

カイルは来るたびに珍しい話や美味しいお菓子、面白い本なんかを持ってきてくれる。相変わらずの駆けっこの後に、二人で芝生《しばふ》に座って色々な話をしていることも多い。

カイルの側近であるクラウドさん曰く、私に教えるために、カイルは授業をサボらなくなり、真面目に勉強するようになったんだって。

とても感謝されました。

広場に着くと、ケイトは一旦立ち止まり様子を窺《うかが》ってから状況を説明してくれた。

「お嬢様。カイル殿下がいらっしゃってますよ」

ケイトが言うやいなや、少し先からカイルの声が響く。

「あ！　アリシア！」

カイルが駆け寄ってくる気配がしたので、私はケイトから手を離し、腕を前に出した。

するとすぐに私の手は、カイルの温かい手に包まれた。

「こんにちは。カイル」

「ああ、こんにちは。今日は少し遅かったね」

カイルが少し不満そうに話したので、私は結構待たせてしまったかと申し訳なくなる。

「待たせてしまったのね？　ごめんなさい。お父様とお母様とランチをいただいていたの」

私は両手を胸の前で組んで頭を下げる。

すると、カイルは私の肩をトントンと叩き、コホンと咳払いしてから話しだした。

「いや、僕が早く来すぎたんだな。気にしないで」

そうしてカイルは、慣れた手つきで私をエスコートすると、いつものように木と木の間に結んである紐《ひも》を掴ませる。

「さあ、今日は負けないぞ！」

「私だって!!」

その声を合図に、今日も二人で駆けっこを始めた。

最近はカイルが勝つことも多くなってきて、五分五分の勝敗となっている。今日は私が、カイルより早くゴールした。

「やったわ！　私の勝――」

「ア、アリシア！　動くな!!」

いつものように勝利宣言しようとしたら、カイルが切羽詰まったように大声をあげた。

「え？」

突然のカイルの声に私はビクッと止まる。

「クラウド！　狼だ!!　剣を!!」

「カイル殿下！　間に合いません！」

「仕方がない！　攻撃魔法を使うぞ!!」

「はい！　ご助力いたします!!」

カイル達のただならぬ様子に、私は訳もわからずキョロキョロしていた。

「え!?　なに？」

「アリシア！　走れと言ったら僕のほうに来られるか？」

真剣に聞かれて、私も力強く頷いた。

「うん！」

「殿下！　今です！」

「よし、走れ！　アリシア！」

私は走った。

まっすぐカイルの声がするほうに。

紐《ひも》も持たずに全力疾走するのは初めてだったけど、この先にカイルがいると思うと、迷うことなく走れる。

その途端、後ろでなにかが弾ける音がして、獣の断末魔の叫びが響いた。

私がそのまま走ってカイルの側まで行くと、いつもよりも数倍強く手を引かれて、痛いくらいに抱きしめられた。

「アリシア!!　大丈夫か？」

「はぁはぁ、私は大丈夫！　カイルは？　ケイトは？　クラウドは？　皆、大丈夫？」

「ああ、大丈夫だ。狼は攻撃魔法で仕留めたから安心しろ」

「よかった」

安堵《あんど》した私を更に強く抱きしめながら、カイルは少し震えているようだった。

二人で抱きしめ合って、しばらく息が整うのを待つ。私は、一向に緩《ゆる》まないカイルの腕をトントンと優しく叩いて話しかけた。

「カイル？　もう大丈夫だよ？」

「ああ、ああ、わかってる。わかっているんだ。でも、アリシアが……アリシアが……」

「カイル？」

私はカイルの顔に手を当ててみて、その頬に涙が伝っているのを感じた。

「泣いているの？　カイル」

「な、泣いてなんかいない！　でも……心臓が止まりそうだよ」

「どうして？」

私が首を傾げると、カイルは自分の頬に触れる私の手をギュッと握った。

「アリシア！　僕は、君の目が見えないことを、よくわかっているつもりだった。でも、君は……君はさっき笑いながら狼に向かって走っていったんだよ！」

「え？　そ、そうなの？」

「君にはわからないかもしれないけれど、その時の恐怖は言葉にできない……！　まだ、手の震えが止まらないよ。攻撃魔法も初めて実際に使った。初めて……動物を殺《あや》めたんだ……」

「カ、カイル……」

カイルは震える体で再び私を力一杯抱きしめる。

私は自分の目が見えないことで、こんなにも傷つく人がいるのだと初めて知った。

そして、私を抱きしめながら震えているカイルに、ギュッと胸が締めつけられ、彼の背中を慰《なぐさ》めるようにゆっくりと撫でた。

私が暗闇に囚われそうになると、お母様が必ずこうして落ち着かせてくれるのだ。

「カイル……ごめんね。心配かけてごめんね。怖い思いさせてごめんね。本当にごめんね。だから、もう泣かないで……」

「アリシア……」

今度は私の見えない瞳から涙が溢れた。

なにもできない私に。

無力な私に。

カイルを傷つけた私に、腹が立って堪《たま》らなかった。

「カ、カイル……」

「どうした？」

「悔しいの。なにもできない私がとても悔しいの」

「……うん」

私は自分に言い聞かせるように言うと、小さく頷くカイルの顔をガバッと両手で掴んだ。

「カイル、お願いがあるの！　さっき使ってた魔法を私にも教えて頂戴！」

「え？」

「私だって自分の身くらい自分で守りたいわ！　大切な人達に私のために泣いて欲しくない。強くなりたいの!!」

もう、私は両親が話してくれるまで待ってなんていられなかった。

カイルは同じ歳なのに魔法で自分だけではなく、私のことまでも守ってくれた。

カイルみたいに他人までは守れないかもしれないけれど、自分くらいは自分自身の力で守りたい！

「カイル!!」

私は瞳から溢れ出る涙を手の甲でゴシゴシと拭《ぬぐ》い、カイルの胸元を掴んで迫る。カイルはビックリしたようだったが、私の肩をしっかりと掴むと力強い声音で話した。

「わかったよ。アリシアが攻撃魔法までいかなくても、防御魔法を身につけてくれたら僕も安心だ。一緒に練習してみよう！」

「――っ、うん！　カイル、ありがとう！」

そうして、私とカイルは広場遊びの時間に、魔法の練習をすることになった。

私はカイルに、小さな頃に魔法を使うのは難しいと言われたこと、それで両親は魔法の存在自体を秘密にしていることを話した。

カイルはうんうんと相槌《あいづち》を打ちながら、私の話を聞いてくれた。

「じゃあ、僕たちの練習は公爵達に秘密ということかい？」

カイルが心配そうに確認する。

「そうね、そのほうがいいかもしれないわ。ケイトはどう思う？」

「……確かに旦那様や奥様にお話しになると、ご心配をおかけするかと思います」

私の脳裏に、心配のあまりカイルと会うことを禁止するパパさんの姿が思い浮かんだ。

「た、たしかに。じゃあ、ケイトも黙っていてね？」

「……かしこまりました」

言い出したら聞かないことを重々承知しているのだろう。ケイトは渋々認めてくれた。

「よし！　じゃあ、明日からの魔法の練習は秘密にしてやろう」

「今からじゃないの？」

「それは無理だよ。魔法練習のことは秘密にするとしても、狼に襲われたことは、きちんと公爵に報告しないといけないからね」

「わかったわ」

私が素直に頷くと、カイルは私を公爵家まで送ってくれた。

二人が遊んでいることは、王家と公爵家では既に公認となっている。両親は、カイルから狼事件を聞いた途端、私を強く抱きしめた。

「カイル殿下、ありがとうございました！　本当にありがとうございました！」

パパさんは、私をしっかりと抱きしめながらも、カイルに何回もお礼を伝えた。ママさんはずっと「よかったわ。よかったわ」と涙ながらに繰り返す。

二人にとっても、ショックな出来事であるのがよくわかった。

私は、明日からの魔法練習を頑張ろうと、改めて気合を入れたのだった。


〜・〜♣カイルの決意♣〜・〜


カイルは公爵家からの帰り道、今日起きたことを思い出してブルリと震えた。

少し遅れて来たアリシアの手をいつも通り引いて、走り出したところまではよかったのだ。

でも、自分より先を行くアリシアが、ゴール近くにどこからともなく現れた狼に気付かず、そのまま笑いながら走って行った時の恐怖は忘れられない。

アリシアは、今にも飛びかかろうとしている狼に、笑いながら近づいて行ったのだ。

カイルは、初めてアリシアの目が見えないことが、いかに危険かを痛感した。

慌ててアリシアを呼び寄せ、本来なら使用禁止である攻撃魔法で狼を始末できたからよかったが、もし自分達がいなかったらと思うと……想像するだけで恐怖が全身を襲う。

カイルにとってアリシアは初めての友達で、そして——初恋の相手だった。

二年前の出会いから、何度も何度も一緒に遊び、話し、素の自分を出せる唯一の相手といっても過言ではない。

しかもアリシアは、皆が必ずわざとらしく褒め称えるカイルの外見についてはなにも言わない。見えないのだから当然だが、王族の特徴である真っ黒な髪と紅い瞳は、会う人会う人に持て囃《はや》された。

透けて見える下心に少しウンザリしていたカイルにとって、アリシアは自分自身を見てくれる貴重な存在だ。

初対面で言い合いになったのも初めてだし、名乗れと言われたのも初めてだった。

アリシアの隣にいると、カイルは王子ではなく、ただの七歳の少年になれる。

更にアリシアはとても可愛い。

多分本人はなんとも思っていないが、長いプラチナブロンドの髪に整った顔立ち、そしてなにも映さないことが信じられないほど、大きく澄んだ紫の瞳を持つ超絶美少女なのだ。

アリシアが笑うと、カイルは息が止まりそうになる。

そんなアリシアが笑いながら、狼に向かって走っていった時の衝撃は凄《すさ》まじかった。

彼女は実際には見えないので、目の前に狼が迫っていると言われても、その恐怖はわからないのかもしれない。

本当にそこにいたのかも、どれくらい近かったのかも、どれだけ危険だったのかも、本当の意味では理解できていないのだろう。

アリシアから魔法を教えて欲しいと言われて、確かに防御魔法だけでもと了承したが、カイルの中にはある感情が芽生えていた。

――自分がアリシアを守らなくては。

カイルの頭の中では、これからアリシアの安全をいかに確保するかについての算段が、何通りも駆け巡っていたのだった。


～・～◆秘密の魔法練習◆～・～


狼事件の翌日。さっそく私達は魔法の特訓を始めることにした。いつも通り公爵家の広場でカイルと落ち合い、彼の言葉を待つ。

「アリシア、それじゃあ、魔法を使ってみようか？」

「はい！　カイル先生！」

「先生はやめてくれよ。僕も勉強中なんだから」

「ふふふ、わかったわ。でも、本当にありがとう」

クスクスと笑いながら礼を言う私に、カイルは不思議そうな声をあげた。

「なにが？」

「昨日も言ったように、私が魔法を使うのは難しいと思っているから、公爵家では誰も魔法については教えてくれないの。話したことがバレたら大変なんですって！」

「ははは、もしかしてアリシアに魔法を教えたら、公爵に怒られるとか？」

「そうかもしれないわね」

「絶対に秘密にしよう……。父上からも公爵を怒らせてはいけないと言われているんだ」

カイルは朗《ほが》らかな様子から一変、硬《かた》い声でそう言った。

「どうして？」

「どうしてって……。アリシアは知らないのかい？　ホースタイン公爵家は王家の番人って言われているらしいよ。王家がいけないことをしたら注意するんだって、父上が言っていた」

「そんなに偉いの？」

きょとんとしながら尋ねる私に、カイルが続ける。

「後は……父上が学生時代に公爵本人から色々助けてもらったから、あんまり強く出られないって言ってた」

「お父様ったら……」

私はお父様を思い浮かべてため息を吐いた。

するとカイルは、一生懸命フォローするようにつけ足す。

「まぁ、クラウドが言うには、二人は仲良しらしいから大丈夫だと思うけど、やっぱり怒られるのは嫌だから秘密にしよう！」

「ええ！　そうしましょう！」

そうして、私とカイルは両親に内緒で秘密の魔法練習をスタートさせた。

カイルは一生懸命教えてくれたが、なんといっても魔法は気が付いたら使えているものらしく、やり方を説明することができない。

「えーーと、だから、こう手のひらに力を込めて魔力を押し出すんだよ」

そう言って、カイルは私の手を前に突き出させた。

「こう？」

「うーん、アリシアの魔力は感じられないなぁ」

まずは魔力を感じるために、体内の魔力を放出する練習をしてみるが、中々上手くいかない。

「じゃあ、こんな感じ？」

「いや……。どちらかというと公爵がかけた防御魔法を感じるよ」

「お父様の？」

「ああ、多分アリシアに公爵自身が魔法をかけて守っているみたいだね。心当たりはない？」

「今朝私の部屋まで来て、朝の挨拶に頬にキスをしてくれたけど……それかしら？」

小首を傾げて尋ねる私に、カイルが悪戯《いたずら》っぽく答える。

「きっとそれだね。でも、そのほうが僕も安心だよ。アリシアはお転婆だから」

「もう！　レディに対して失礼だわ！」

カイルの発言に頬を膨らませると、彼は笑い声をあげた。

「ごめん、ごめん。さぁ、もう一度やってみよう」

「うん！　わかったわ」

そんな感じで、ほぼ毎日行われた魔法練習だが、結果的には失敗に終わった。

少しは魔力を外に出せるようにはなったのだ。

でも、それは決して大きなものではなく、カイルの手に小さなスタンプを押すというあまりにも細《ささ》やかなものだった。

カイルが言うには、そのスタンプは一見なにもないように見えるが、私が触ると白く輝くらしい。

確かに魔力を放出した場所を触らせてもらうと、他の場所よりも肌が熱くなっているように感じる。その時に光るとか。

「綺麗だな」

「え？」

「アリシアのスタンプが輝くと、とても綺麗なんだ」

「そうなの？」

「ああ、君にも見せてあげたいよ」

「確かに触るとカイルの肌が熱くなるけど……熱くない？」

「全然熱くないよ。僕の手にアリシアのスタンプがあると思うだけで、なんだかとても嬉しいな」

カイルはどこか熱っぽい声でそう言って、私を抱きしめた。

それから月日が過ぎて、気付けば魔法練習を始めてもうすぐ一年になる。

攻撃魔法も防御魔法も使えるようにはならなかったが、カイルと一緒に試行錯誤して練習した日々はとても楽しかった。

成果と言えば、スタンプを残すという微妙な魔法だけだったが、一応魔法と呼べるものが使えるようになったことで、少し、ほんの少しだけ希望を持てた。

まだまだ誰かに守ってもらわなければならない。でも、パパさんが治癒魔法師に言われた通り、色々なことを勉強したら、できるようになると思えるようになったのだ。ちなみにパパさんと治癒魔法師の話は、ケイトがこそっと教えてくれた。

私は一人頷くと意を決して、今日も広場にやってきたカイルに頭を下げてお礼を言った。

何故なら今日で、秘密の魔法練習は最後にしなければならないのだ。

「カイル、今までありがとう」

「なに？　突然どうしたんだい？」

「私、お父様に聞いたの。カイルは、これから王子としての勉強や剣術や魔法の練習を沢山しないとならないから、今までのようには会えなくなるって……」

「アリシア……」

「もちろん、私はこれからも魔法の練習は続けるわ。でも、カイルには私のために無理して欲しくないの」

私はカイルの声のほうに向かって微笑んだ。彼は少し黙った後、小さく息を吐いた。

「そうか、アリシア、君も聞いたんだね。僕も昨日、父上から言われたよ。今はもっと知識を身につけるべき時期だって……。これからは王宮で僕がやるべきことをしっかりと勉強するよ。ホースタイン公爵からも、色々と教えていただく予定なんだ」

まさかパパさんがカイルの先生になるとは思っていなかったので、驚いた私は、ぱちぱちと目を瞬《しばた》かせた。

「まぁ、そうなの？　お父様から？」

「ああ、ホースタイン公爵は国の中枢を担《にな》ってくれているくらい優秀な方だから、しっかり教わるように言われているよ。でも、アリシアと会えなくなるのは寂しいな。たまには一緒にお茶会をしよう。それくらいなら大丈夫だと思うんだ」

「うん。嬉しいわ」

そうして、私達の秘密の魔法練習は終了した。

今までならまた明日というところを、私はなにも言えず、ただ「今度ね」と言うに留まった。

私達は、まだまだ子供なので、大人の決定に逆らうことはできない。

更に、お父様が言うには私の勉強時間も増えるらしい。

もう、子供の時間は終わりなのだと思うと、とても寂しかった。

項垂《うなだ》れる私の手を、カイルがギュッと握る。

「アリシア！　僕は、どんなに公爵が駄目だと言っても、絶対に負けないし、諦めないからね！

近いうちに正々堂々と公爵家にお邪魔するから」

私は、唐突にそう言って立ち去ったカイルに、訳もわからず首を傾げたのだった。

〜・〜◆アリシアの婚約発表◆〜・〜

私は今、猛烈にドキドキしている。それもそのはず。

なんといっても今日は、私とカイルの婚約式なのだ。

あの狼事件の後、カイルは国王陛下に直談判し、狼狩りを大々的に実施して森の安全を確保してくれた。

その後、驚いたことに、我が公爵家に婿《むこ》入りを申し込んでいたらしい。

元々公爵家には私しか子供がいないし、両親は絶対に私を手放さないと公言していたから、きっとお婿《むこ》さんを迎えるんだろうなぁとは思っていたけれど……こんなに早く婚約するとは思わなかった。カイルが言っていた正々堂々と公爵家に来るというのは、このことだったのかと、婚約の話を聞いて私はやっと理解したのだ。

実際カイルは第五王子なので、王位からは遠いし、国内有数の名家であるホースタイン公爵家との繋《つな》がりができるということで、王家としても結構いい縁談だったみたい。

パパさんは、一度は国王様経由で来たカイルとの縁談を断っていたらしいが、カイルが何度も何度もパパさんにお願いしたんですって！

あまりにもしつこく言い続けるものだから、あのパパさんが根負けしたらしい。

あの時のカイルとはあまり会えなくなるという話も、婚約話のゴダゴタから出たとか。

もちろん、私達に更に勉強時間が必要なのも事実だったが、王家と公爵家が少し揉めていたのも本当だったようだ。

本来ならカイルとの縁談は、公爵家としてもメリットしかない話である。でも、相手が誰であろうと、十六歳までは婚約を認めたくなかったと、パパさんは私を抱きしめて悔しそうに言った。

それでも、最終的にはカイルの父である国王様にも頼まれて、パパさんは仕方なく、渋々認めることになったと肩を落としていた。

国王様からの圧力もあったけど、実は年齢以外の部分には反対していなかったようだ。

カイルは私と仲が良かったし、狼事件で私を守ったことがなによりの決め手になったらしい。

私も結婚は政略結婚だと思っていたから、相手がカイルなら嬉しいと心から思えた。

ここだけの話、なんというか……最近は、カイルの声を聞くと少し、いや、かなりドキドキする。

「お嬢様。カイル殿下がお越しです」

ケイトがドアを開けて、カイルの到着を知らせてくれた。

「はーい」

立ち上がると、私は慣れた廊下を広間まで歩いた。

もう屋敷の中は壁を伝わなくても普通に歩ける。

それでも、目が見えない私を気遣って、お優しい国王様は婚約式を公爵家で行うよう手配してくださった。

「アリシアです」

ここら辺かな？　と一旦止まると、ケイトがサッとやってきて、ドアの前まで手を添えてくれる。

ドアをノックして名乗った後、中からパパさんの声が聞こえた。

「アリシアかい？　入っておいで」

「はい」

私が部屋に入ると、周りからため息が聞こえてきた。

あれ？　失敗した？

焦って一歩下がろうとする。その時、トンと肩を支えられて、よく知った声が頭の上から聞こえてきた。

「大丈夫だよ。アリシア」

カイルだ。優しい彼の声にホッと息を吐き出すと、そっと手を引かれて、部屋の奥へと移動する。

「アリシア。父上と母上だよ」

カイルに言われてから、私は慌てて幼い頃から教え込まれた淑女《しゅくじょ》の礼を取った。

「ホースタイン公爵が娘、アリシアでございます」

「畏《かしこ》まらなくてもよい、アリシア嬢。今日は国王としてではなく、カイルの父としてここにおるのだからね」

「そうですわ。初めまして、可愛らしいお嬢さん。わたくしがカイルの母です。いつも息子と仲良くしてくれてありがとう」

お二人とも、とても優しそうな声で安心した。私は思わずにっこりと微笑んで、声のしたほうに顔を向ける。

「ほう」

「まぁ」

お二人が声をあげると同時に、周りの人からもざわめきが起こる。また失敗した？　と不安になり、カイルに顔を向けて囁《ささや》いた。

「ねぇカイル。私、なにか失敗してしまったかしら？」

「大丈夫だよ。マナーも挨拶も完璧だ。強いて言うなら可愛すぎ」

「え？」

「いや、気にしなくていいよ。堂々としていればいいんだから」

近くにはカイルしかいないので、周囲には私達の会話は聞こえていないはず。取り敢えず私は、言われた通りに胸を張って、にっこりしてみた。

「今日、佳き日《よ》に我が第五王子カイルと、ホースタイン公爵令嬢アリシア嬢の婚約を正式に発表する。二人は成人後にカイルの王籍離脱と共に婚姻を結び、ホースタイン家に婿《むこ》として入ることとなる。異議のあるものは名乗り出よ」

「ジョナス王!!」

王様が慇懃《いんぎん》にそう宣言すると、すかさずパパさんが声をあげる。

「スティーブンの異議は認めんぞ。諦めろ」

王様はお父様の異議を一蹴した後、言葉を続けた。

「まぁ、其方《そなた》は、カイルがホースタイン公爵家に相応しいかどうかをしっかりと判断してくれ。それでいいだろう？　王家の番人と言われているホースタイン公爵家だ。その役割通り、厳しい目で見極めればよい」

「……はぁ、わかりました。カイル殿下が我が家に、そしてアリシアに相応しいか、成人するまではしっかり見させてもらいます。厳しいことも言いますよ」

「構わん、カイルは其方《そなた》の教え子でもあるのだ。それに、私もお前には幼い時から厳しく言われたからな」

苦笑する王様に、パパさんも悪戯《いたずら》っぽい調子で答える。

「それはそうですよ。我がホースタイン公爵家は、王家を正しい道に案内する役目がありますからね。王であろうが王子であろうが、その立場に相応しくない言動をするなら意見させていただきます。叱責《しっせき》も厭《いと》いません」

そう言ってパパさんは王様の近くまで歩いていくと、なにかを呟いた。

周りには聞こえなかったようだが、無駄にいい私の耳は聞き取ってしまった。

「貴方のレポートは、私がほとんど書いて差し上げましたしね」

王様は大きく咳をしてから、カイルに話しかける。

「カ、カイル！　ホースタイン公爵家に相応しい男になるよう、しっかりと励《はげ》め!!」

その声に、隣のカイルがビシッと答えた。

「はい！　父上！　ホースタイン公爵、これからもよろしくお願いします！」

気を取り直した国王様が再度確認する。

「異議のあるものはおるか？」

室内がしんと静まり返る。それを確認した王様は、小さく笑って高らかに述べた。

「おらぬな。では、ここに婚約の成立を宣言する」

「「おめでとうございます！」」

突然沢山の人の声が響いて、驚いた私はカイルの腕に抱きつく。

「あれ？　沢山いる？」

「うん。百人くらいはいるよ」

「ええ！　お父様はそんなこと言ってなかったわ」

「ああ、緊張するだろうから、黙ってるって言ってたよ」

「もう！　お父様ったら」

私がプンと頬を膨らませると、カイルが揶揄《からか》うように笑った。

「でも、これで僕たちは婚約者だね」

私はその言葉にポッと顔が赤くなるのを感じて、少しぶっきら棒に答えた。

「そ、そうね」

するとカイルはクスクスと笑いながら、更に話しかけてくる。

「これからもよろしく」

私は、今しかないと、ずっと確認したかったことをカイルに遠慮がちに聞いてみた。

「うん、こちらこそ。でも、あの、カイル……聞きたいことがあるの。いいかしら？」

「ああ、構わないよ」

「あの、本当に私でいいの？　私、目が見えないのよ？　カイルの足手まといにならない？」

幼馴染とはいえ、やっぱり盲目の奥さんは嫌かなぁと思っていたのだ。私には、どうしたってできないことも多いし、社交も限定的にならざるを得ない。

そんな私の心配を吹き飛ばすように、カイルは力強く即答した。

「そんなことある訳ないよ！　僕からかなり強引にこの婚約をねじ込んだんだから！　そこは自信持って！　その上、さっき公爵から、成人するまでは試験期間と言われただろう？　父上も公爵には頭が上がらないと言っていたし、僕のほうが君に相応しくなかったら、婚約解消させられるくらいなんだよ！」

カイルの真剣な声に呆気に取られながらも、半信半疑な私は再び確認した。

「……私はカイルの側にいてもいいの？　カイルもそれを望んでいるの？」

「もちろんだよ!!」

大声で勢いよく返事をしたカイルは、ギュッと私の両手を握った。彼の言葉と固く結ばれた両手に、カイルの想いが本当なのだと悟り、胸の中に喜びが広がっていく。

「嬉しい。ありがとうカイル」

「ああ、ずっと一緒だよ、アリシア」

私達は二人笑いながらコツンと額を合わせた。

そうして私とカイルはお互いの望み通り、婚約者になったのだった。

〜・〜♣カイルの婚約発表♣〜・〜

「アリシアです」

アリシアの声が響くと、ざわついていた公爵家の広間が、しんと静まり返った。

皆、美しいと噂の盲目の公爵令嬢を、今か今かと固唾《かたず》を呑んで待っている。

カイルは早速ドアのほうに向かったが、それを待たずにアリシアがドアを開けて入ってきた。

今日のアリシアは婚約式ということもあり、カイルの瞳の色である紅を基調にした美しいドレスを身にまとっている。

オーソドックスなプリンセスラインのドレスは、肩から裾までがピンクから紅にグラデーションになっており、アリシアによく似合っていた。

プラチナブロンドの髪は、ふんわりと背に流されて、可愛らしくハーフアップにまとめられている。

キラキラと輝くドレスにも負けない美少女ぶりと、盲目とは思えない美しく澄んだ大きな紫の瞳に、人々が感嘆の息を吐く。

カイルはアリシアのもとにたどり着くと、そのままエスコートして、両親のほうへ挨拶に向かった。

婚約者の父からの異議という異例の事態も起こったが、婚約成立の宣言も滞《とどこお》りなく行われ、今はお披露目のパーティの最中だ。

カイルはピタリとアリシアの隣をキープしつつ、アリシアの美少女っぷりにのぼせ上がっていた。もちろん、にわかライバル達を牽制《けんせい》することは忘れない。

「全く誰だよ、お買い得とか言ってたのは。あんな可愛いければ、目が見えないくらいどうでもいいじゃないか！」

「ほんとだよ。公爵家の婿《むこ》狙いの競争も凄《すご》かったが、アリシア嬢だけでも相当な競争が生まれていたな」

「カイル殿下も上手くやったよなぁ。王位が無理でも公爵家とアリシア嬢が手に入るなら、全然いいもんな」

そんな声が微かに響く。

カイルはアリシアの外見や立場だけが評価されていることに、内心腹を立てていた。誰も、アリシアの内面を見ていないのだ。

そんな中、アリシアが口にしたのはなんとものんびりとした内容だった。

「皆さん、面白いわね。私にとって外見なんてなんの意味もないのに、そればかりを言われるのよ？　カイルもそう思わない？」

にっこり笑ったアリシアは、とても頼もしくて、カイルは自分の胸が高鳴るのを感じた。

「アリシア。僕は本当に君と婚約できて嬉しいよ。君は僕の中身をきちんと見てくれるし、きっと僕が間違ったら、五歳の時のように間違ってると言ってくれるだろう？　それは何事にも代えられないほど貴重なんだ。だから、君は絶対に他の人間の言うことに惑わされず、胸を張って、これからも僕の隣にいてほしい」

すぐ側にいるアリシアに、カイルは今自分が言える精一杯の気持ちを伝えた。

すると顔を真っ赤にしたアリシアが囁《ささや》いた。

「とっても嬉しいわ、カイル。私も婚約者がカイルでよかった。絶対楽しいもの」

アリシアの満面の笑みに、周りにいた者が再びため息を吐き、半分諦めたように口々に祝いの言葉を投げる。

二人の仲睦《なかむつ》まじさは、しばらく王都の話題をさらったのだった。

第二章　不穏の足音

～・～◆カイルの旅立ち◆～・～

婚約してから五年後の昼下がり、いつもの広場にカイルの声が響く。

「アリシア！　お待たせ」

十代にもなれば流石《さすが》に追いかけっこはもうしないが、広場には紐《ひも》の代わりにベンチとテーブルが設置されて、二人は時間を見つけてはお茶会を開いていた。

「遅いわよ。カイル！」

「ごめん、ごめん」

私はカイルを出迎えるべく立ち上がると、がっしりとした腕に抱きしめられた。

最近カイルは急激に背が伸びて、私よりもかなり高い。抱きしめられると、彼の体にすっぽり収まってしまうくらいだ。

「ちょっと、カイル？　苦しいわ」

「ああ、ごめん。やっぱりアリシアに会うと嬉しくてね」

そう言ってカイルは手を離すと、テーブルセットに腰を下ろした。

早速お菓子を食べ始める音がして、私もお皿に手を伸ばす。

すると向かい側に座るカイルが、サッと私の手を取って、私の好きなお菓子のある場所を教えてくれた。

カイルのそのさりげない優しさが、私は大好きだった。

「ありがとう、カイル」

「ん」

食べながら軽く返事をしたカイルは、その手を止めて私を見ているようだ。

「アリシア？　なにかあった？」

付き合いの長いカイルは、私がいつもと違うことにすぐに気付いた。

話を聞いて欲しくて、今日はここに来たのだからと、私はストレス発散とばかりに話し出した。

「今日の午前中、アリステア侯爵家のランチに呼ばれていたの」

婚約式の後、今までは盲目を理由に全ての誘いを断っていたのだが、流石《さすが》に王子の婚約者となるとそうもいかない。少しずつお茶会やお昼の集まりには、ママさんと出席するようになっていた。

「ああ、確か僕達と同じ年の令嬢がいるからお友達にと言われたんだっけ？」

「そうなの！　そう言われて出かけたのよ。それなのにお母様達が席を外されて、子供だけになったら意地悪してきたのよ」

「なんだって！　どんな⁉」

「大したことはないの。わざとテーブルセットの場所を変えられたり、私、見えないのに塩胡椒《こしょう》を取ってと言われたり……それくらいなの。でも、盲目なのを馬鹿にされてるみたいで、悔しくて……」

「ひどいな」

「それに言われてしまったの。カイルが可哀想だって。私のほうが相応しいのにって……」

その時のことを思い出すと、悲しくなって瞳に涙が滲《にじ》む。

するとカイルの温かい手が頬に添えられて、正面から隣に移動した彼が、優しく私を抱きしめた。

「気にしちゃダメだ。アリシアは僕にとって最高で唯一なんだよ。君以外と婚約だなんて想像もできない。……しかし、許せないな。僕からも抗議するよ」

するりと私の頬を撫でるカイルは、憤《いきどお》りを含んだ低い声でそう言った。

「あ！　それはしなくて大丈夫よ」

「どうしてだい？　アリシアが意地悪されたんだよ？」

私は滲《にじ》む涙をグイッと拭うと、ニカッといい笑顔をカイルに向けた。

「だって、ちゃんとお返ししてきたもの！」

「え？　は？」

「悔しかったから、手が滑った振りをして、ジュースをかけちゃった！」

そう言ってガッツポーズをする私を見て、カイルは明るい声を立てて笑った。

「流石《さすが》僕のお姫様だ！　最高だよ」

そう言ってカイルは私を再び抱きしめた。

「当たり前でしょ？　私は私よ。やられっ放しにはしないわ」

私達は十三歳になり半分大人、半分子供という微妙な年齢となった。

カイルもあと数ヶ月で、全寮制の学校に行ってしまう。

学校はこの国に一つしかない教育機関で、試験に受かれば、貴族でも平民でも通うことができる。

ただし、莫大な費用がかかるので学生の九割は貴族らしい。

幼い頃から家庭教師に教わっている貴族であれば、試験には合格できる。

そんな、貴族であれば誰もが行く学校も、私は盲目を理由に入学を許可して貰えなかった。

本当は今日のお茶会でも、そのことを揶揄《からか》われたし、カイル様を誘惑するわとも宣言されたのだ。

私はそれがなにより悔しかった。

確かに私は目が見えないけれど、一人でなんでもできるように頑張ってきたし、勉強だって録音した内容を何度も聞いて覚えてみせた。

それなのに、目が見えないからと入学を断られたのだ。

「でも、カイルももうすぐ学校に行っちゃうのね。五年間も……」

「ああ、僕もアリシアを置いていくのが心配だよ。君は無茶をするから」

「そんなことないわ。……でも、一緒に行きたかったなぁ」

私がそう呟くと、カイルは私の頭をポンポンと撫でた。

その手がとても優しくて、私は再び泣きたくなった。

そして、人間の欲求には際限がない。

前世も今世も理不尽なことばかりだ。

初めは転生できただけでよかったのに……

走りたい。

遊びたい。

勉強したい。

カイルと一緒にいたい。

学校に行きたい。

私の欲望は年々増えて大きくなっていく。

でも、これが生きてるってことなのかもしれない。

落ち込む私に、カイルが優しい声音で話しかける。

「大丈夫だ。僕はいつでもアリシアのことを思っているよ。手紙も通信も送るからね」

カイルはそう言って私の手になにかを握らせた。

「アリシア用の通信機だよ。通信のことは知っているだろう？」

私はその機械のようなものを手にして頷いた。

「うん、ありがと、カイル。通信機はお父様がよく遠い場所とお話しする時に使ってる道具でしょう？」

「ああ、そうだよ。魔道具だけど、魔力はほとんど使わないからアリシアでも大丈夫なはずだよ」

「――魔道具なの？」

「ああ、そうだよ。知らなかったのかい？」

「ええ、相変わらず公爵家の皆は魔法に関しては秘密主義なのよ」

私が残念そうに話すと、カイルが私の手を握った。

「そうか。でも、これからは通信機くらいは使えるようになってもらわないと、僕が心配で学校に行けないよ」

「わかったわ。お父様とお母様にカイルから通信機を貰ったとお話しするわ。魔道具だとは教えてもらえないと思うけれど、録音機と同じように使用許可はくれるはずよ」

「そうしてくれると嬉しいよ。ほら！　元気を出そう？　アリシアが大人しいと逆に心配になる」

「もうっ、失礼よ！」

私は顔を上げて少し怒った顔をした。

カイルの胸をポカポカ叩くと、彼が明るく笑って私を抱きしめる。

「そうそう。その調子。アリシア、大好きだよ」

私を慈《いつく》しむようにそう言うカイル。そんな彼の声を聞くと、私はいつでも安心して、自分に自信が持てるのだ。

「私も大好きよ。カイル」

私がキュッと抱きつくと、カイルは優しく髪を撫でてくれた。

——そうしてカイルは、春になると、学校に入学してしまったのだった。


〜・〜♣カイルの自覚♣〜・〜


カイルは自分の胸を叩いて、学校に行きたいと言うアリシアを優しく抱きしめた。

アリシアのお茶会での武勇伝を聞いた後だけに、しおらしい彼女は、一層可愛らしく感じてしまう。

最近カイルの背はグングン伸びて、更に鍛《きた》えているので、相対的にアリシアの華奢《きゃしゃ》な肩が気になって仕方がないのだ。

気を抜くと、すぐに抱きしめたくなってしまう。

自分が男らしくなっていくのと同時に、アリシアはどんどん女らしくなっていった。

体は柔らかな曲線を持ち始め、幼さがどんどん抜けてきた容貌は、可愛いさと美しさを兼ね備えている。

人並外れた美貌を持っているにもかかわらず、自分のことが見えていないアリシアは、容姿にとことん無頓着だ。

今までと同じように、笑ったり、怒ったり、抱きついてきたりと、カイルの忍耐力を試しているのかと思う。

もちろん周りには、クラウドやケイトを始めとする護衛や侍女がいるので、下手なことはできない。アリシアを異性として意識しているカイルには、中々厳しい環境だった。

だから、カイルにとって五年間の寮生活は、少し有り難かった。

カイルはアリシアに通信機を渡しながら、こっそりため息を吐く。

離れるのは辛いし心配だが、このまま成人まで我慢するのは、男として難しそうなのだ。

今も腕の中にすっぽりと収まっているアリシアに、キスくらい……と思って侍女を見ると、首を横に振られてしまった。

ガクッと肩を落として、アリシアの髪を撫でると、その華奢《きゃしゃ》な肩を掴んで真正面から向かい合う。

「アリシア。僕も頑張るから、君も我慢して待っていてくれるかい？」

「……わかったわ」

そう言って儚《はかな》げに笑うアリシア。そんな彼女を前に、頬が一気に紅潮するのを感じながら、カイルは可愛すぎて本当に困る！　と頭を掻きむしった。

〜・〜◆アリシアの不安◆〜・〜

カイルが学校に入学してから三年後、私はママさんと王都のお茶会に参加していた。

カイルとは年に一度の休暇にしか会えず、しかも会う度に、しっかりとした青年になっているのだ。

私は、自分だけが取り残されたような焦りの中で日々を過ごしていた。

「ねぇ、お聞きになりました？　アリシア様」

隣に座る伯爵家の令嬢が、私に耳打ちする。

「なにか？」

「あら？　お聞きではないの？　結構噂になっておりますわよ？」

「？」

「カイル殿下が、男爵令嬢にお熱という話ですわ。もう、誤魔化さないでくださいまし。それとも、婚約者だから余裕ということですの？　凄《すご》いわぁ」

馬鹿にした様子を隠そうともしない伯爵令嬢。私はムッとした感情を笑顔で覆い、持っていた扇《おうぎ》で口元を隠した。

カイルが？

男爵令嬢と？

そんな馬鹿な……！

両親の次に過保護で心配性なカイルが、私を見捨てるなんて、そんなことするはずがないわ！

「まぁ。根も葉もない噂ですわ」

私は震える声を押し殺し、なんとか伯爵令嬢をやり過ごす。しかし、頭の中は、いったいどうしてそんなことになっているの？　と不安が渦巻いていた。

私はママさんが戻ると、すぐに帰りたいとお願いし、ぐるぐるする頭を押さえて立ち上がる。

「アリシアちゃん？　どうかしたの？」

いつもなら上手く周りと話して、もう少し人脈を広げているはずの私を心配して、ママさんが声をかけてきた。

「お母様……噂が……」

私がそう言うと、ママさんははっとして優しく肩を抱いた。

「そうね……今日は帰りましょう」

馬車に乗ってひと息吐くと、ママさんが話し出す。

「アリシアちゃんも聞いたの？」

「はい……」

「カイル殿下の？」

「はい……」

私は俯《うつむ》いたまま答えた。

「アリシアちゃんはどう思う？」

「どうって……信じられません」

「わたくしもよ。あのカイル殿下が、他の子となんて信じられないわ」

「お母様……」

「たかが噂よ！　アリシアちゃんは、カイル殿下を信じていればいいと思うわ」

ママさんは私の手をポンポンと叩いた。

ママさんの優しい言葉に私の頬に次から次へと涙が伝う。

「あらあら、泣かないのよ」

ママさんは私の背中をゆっくりと撫でてくれる。やっと顔を上げた私は、ママさんのほうに顔を向けた。

「そ、そうですわね。私はカイルを信じます。ごめんなさい。こんなことですぐにオロオロしてしまって……」

「いいのよ。アリシアちゃんの初恋だもの。それにこんなに離れていたら、心配になって当然よ」

「は、初恋？」

「そうでしょ？　浮気されたと聞いて、そんな顔をしているんだもの。アリシアちゃんは、カイル殿下を大好きなのでしょう？」

「大好き……です」

「それなら恋じゃないの？」

ママさんの言葉に、ガツンと頭を叩かれたような衝撃を感じた。同時に、一気に顔が熱くなる。

私は馬車に揺られながら、今まで深く考えずにいた、自分自身の感情に向き合ってみた。

確かに、カイルへの想いは、もう既に幼馴染としての『好き』を大きく超えている。

幼馴染としての『好き』だったら、カイルが自分以外の令嬢に夢中と言われて、こんなに心が乱されないはず。

——これって、恋？

「……そうです。初恋……です」

私は真っ赤になっているだろう顔を隠すように、俯《うつむ》き加減で答えると、ママさんが勢いよく抱きついてきた。

「もう！　アリシアちゃんってば、本当に可愛いわ！」

柔らかい腕に抱かれながら、今更自覚した初恋にトクトクと胸が鳴る。

そっか。私はカイルのことが好きなのだ。

一人の異性として、婚約者として、好きなのだ。

身分など関係なく、カイルが大好きなのだ。

自覚すると、先ほど聞いた噂が余計に気になってしまう。

「早く会いたいな。会って、話して、噂なんて笑い飛ばして欲しいな」

私がポロリと呟くと、ママさんが体を起こして答えた。

「そのお願いなら、叶うかもしれないわ」

「え？　どういうことですか？」

「今度、一年に一度の学校の一般公開日があるのよ。その数日だけは、学生以外の父母や友人も学校に行けるの。学生が模擬店をやったり、出し物やイベントをしたりするのよ」

「本当ですか？　行きたい！　私もその時に、学校に行ってカイルと会いたいです!!」

「わかったわ。お父様にお話ししてみましょうね」

私達は屋敷に帰ると、すぐさまパパさんに話した。

最初は反対していたパパさんも、私がどうしても行きたいと言ったら、一緒に行くことを条件に許してくれた。

親子三人の旅は初めてかもしれない。

それはそれで楽しみだと、私はワクワクしながら計画を立て始めた。

その夜、カイルと通信をしながら、早速このことを伝えた。

「え！　学校公開に来るのかい？」

「うん。お父様とお母様が連れて行ってくださるの」

「……そうか。でも、遠すぎないか？」

「日帰りは無理だから、来客用のヴィラに宿泊するのよ。とっても楽しみなの」

私とカイルは週に一度、カイルから貰った通信機を使って話している。

要は携帯電話のようなものだ。

仕組みはわからないが、録音機と同じようなツルツルした石に、話したい相手を呼び出すだけで何故か繋《つな》がって話せるのだ。

カイルによると魔道具の一つらしく、魔法が使えない私でも、魔力を体内に有していれば使えるという。

そして、今日も約束の時間に通信を繋《つな》いで、カイルと話していた。

「そうか……来るのか……」

なんとなく私が行くのが嫌そうなカイルに、例の噂が頭をよぎる。

「えっと……行かないほうがいいの？」

「いや、そんなことはないが……心配だな」

「心配？」

「あぁ、いや、僕も会えるのは嬉しいよ。でも……」

そう言ってカイルは少し黙ると、唐突に話題を変えて話し始めた。

彼の態度に、私の中に初めての感情が生まれる。

カイルへの不信感だ。

その後、話も盛り上がらず、次回の約束もせずに通信を切った。

まさか、カイルが会うことを躊躇《ためら》うとは思わなかった。

そういえば年に一度の学校公開なのに、去年も一昨年もカイルから誘われることはなかったのだ。

今年だってママさんが言わなければ、知らずに過ごしていたかもしれない。

……やっぱりあの噂は本当？　浮気相手と私が顔を合わせるかもしれないと心配して、あんな煮え切らない態度なの？

前世でも恋なんてしたことがなかったし、今世でも初恋に気が付いたばかりという、恋愛初心者の私にとって、浮気なんて対処できない。

私は頭を抱えて、悪いことばかりを考えながら、ベッドに入ったのだった。


～・～♣カイルの仲間達♣～・～


「学校公開？」

カイルはアリシアとの通信で、彼女がこの学校にやってくると聞き、気が気ではなかった。

この時カイルは、王都で変な噂が広まっていることを知らなかった。

辺鄙《へんぴ》で、人里離れた学校では、そんな話など知る由《よし》もなかったのだ。

（アリシアが……ここに、来る……）

カイルの頭に真っ先に浮かんだのは、学校での自分自身のことだ。

アリシアには絶対に見せないが、カイルには策略家な一面があり、人心掌握に長《た》けていた。その能力を駆使して、学校に来て早三年、ほぼ全ての学年を手中に収めつつある。

将来的に公爵家を担《にな》う身として、王となる兄上を支えるため、同年代くらいは味方につけておきたかったのだ。

アリシアには学校での自分の姿を見せるべきなのか迷っていた。

実を言うとこの三年、アリシアに学校公開について話したことはない。

策士な自分を知ってアリシアの態度が変わる不安もあるが、なんといっても彼女の身の安全が確保できないと考えていたからだ。

ほとんどの派閥は味方につけたが、残念ながら、少人数ではあるもののまだ自分に反発している学生がいる。

その学生達が、もしアリシアに手を出したら、自分を抑え切れる自信がない。

狼事件の時のように、平時では禁止されている攻撃魔法を繰り出してしまうかもしれない。

「あいつらのことを急がないとまずいな」

今までは穏便な態度で崇拝者を増やしてきたが、これからは弱みを握り、逆らえない、逆らってはいけないと思わせないと駄目だ。

カイルは泳がせていた反発者の身上書を読み直した。

学校公開まであと二週間、あまり時間がない。

カイルはアリシアには決して見せない腹黒い顔で、ニヤリと笑った。

「アリシアには、是非とも、安全で楽しく過ごしてもらわないといけないな」

カイルが学校公開に向けて立てた目標はたった一つ。

『アリシアが学校公開を楽しく見学できるようにする』

それだけだ。アリシアには清廉潔白《せいれんけっぱく》な自分だけを見て欲しいが、そのためにはやらなければならないことがある。

早速、カイルは最近よく一緒に動いてくれている五人の学生を呼び出した。

カイル自らが厳選した側近候補達だ。彼の目の前に立つ五人は、入学してから仲間となり信頼している。

カイルは彼らを見て、一人一人のプロフィールを頭に浮かべた。


まず、カーライル・アラカニール。

アラカニール公爵家の嫡男《ちゃくなん》で、カイルが婿《むこ》入りしたら、一緒に兄上をお支えすると心に決めている。

少し軽薄な印象を与えるが、性格は至って真面目で信頼できる。アリシアの従兄《いとこ》でもある。

次にエリック・ナカハヤス。

騎士団長の息子で伯爵家の三男である。

少し脳筋気味だが、剣と魔法の腕は超一級だ。本人は騎士団に入ると言っているが、在学中になんとかホースタイン公爵家の護衛に引き抜きたいと考えている。

次にミハイル・タニスオン。

元々は裕福な商家だったが、最近男爵を授爵した新興貴族の次男で、金銭感覚に優れている。さらに商法にも精通しているので、是非公爵家で雇い財務面をサポートしてもらいたい。

次にアラミック・バークレー。

隣国からの留学生で、常に新しい考えや概念を提供してくれる貴重な存在だ。

隣国では貴族だが、後継ぎではない。今は見聞を広めるために、数カ国を巡っているらしい。

最後がエミリア・フレトケヒト。

彼女は男爵家の令嬢だが、とにかく、様々な情報を持っている。

女同士の噂から、男たちの不満まで、学校内のことで彼女が知らない情報はないんじゃないかと思う。

何故か入学当初から、カイルに有益な情報を提供してくれている。

真意は不明だが色々助かっているのも事実だ。

更には発明家の顔も持っており、幼い頃から様々な発明品を世に送り出している天才でもある。


以上がカイルが学校をまとめる上で、中心となっているメンバーだ。

「で？　楽しくとはなにをもって判断するんだ？」

騎士団志望のエリックが、首を傾げながら聞いてきた。

「もちろん、盲目の僕の婚約者が、安全に笑顔で過ごせることかな」

「カイルの婚約者？　しかも盲目？」

結構有名だと思っていたけど、やっぱり跡継ぎではない三男くらいになると、知らないのかと思い、カイルはもう一度説明する。

「ああ、僕の婚約者のアリシア・ホースタイン公爵令嬢だ。知らないかい？　美貌の公爵令嬢と言われているよ。目は見えないけれどね」

「私は知ってます！　カイル殿下との婚約の時は、かなりニュースになりましたよね。色々な噂が飛び交ってますよ」

ピシッと手を挙げて言うエミリアに、カイルは笑みを向ける。

「流石《さすが》エミリア。でも、その噂はほぼ間違いだから、本気にしないでくれ」

「え？　そうなんですか？　アリシア様は可憐で、大人しくて、美しくて、支えていないと倒れる程病弱だから、跡継ぎとして殿下を迎えたというやつですか？」

「そんなことになっているのか……アリシアが可憐で美しい以外は嘘だな。噂の真偽は、よくよく見極めてくれよ」

「はーい」

「でも、カイル。一体どうしてアリシア嬢は、今年の学校公開に来ることになったんだ？　昨年は完璧スルーだったよな？　母上が、伯父上のホースタイン公爵は、絶対アリシア嬢を王都から出さないと言っていたが……」

カイルがエミリアの話に頭を抱えていると、アリシアの従兄《いとこ》であるカーライルが不思議そうな顔で尋ねた。

「ああ、確かに公爵の溺愛ぶりは有名だからな。今回は公爵夫人が勧めたらしい。理由までは聞いていないが、公爵や夫人も一緒にいらっしゃるということだ」

「なるほど。伯父上は伯母上には頭が上がらないらしいからね。わかったよ」

カーライルはホースタイン公爵家の事情を理解しているらしく、苦笑いを浮かべながら頷いた。

「えーっと、では、これから学校公開までの二週間で、今現在、カイル殿下と対立しているグループが逆らわないように、しっかりと釘を刺すってことですかね？」

「ああ、そういうことだ、ミハイル」

「うーん、まだ、掌握できてない連中は金でも動かなそうですし……黙らせるとなると、かなりブラックになりますけど？」

涼しい顔でさらっと不穏なことを言ってのけるミハイル。そんな彼に柔らかく微笑むカイルの目は、恐ろしいくらいに冷ややかだ。

「ああ、今回は時間がないから、少し強引に協力してもらう予定だよ」

「協力……ですか」

ミハイルはすうっと目を細め、手に持っていた反抗勢力の身辺調査をした紙を皆に配った。その紙を見ながら、アミラックが楽しそうな声をあげた。

「今回も楽しそうだね。今までの穏便穏健で、いつも笑ってるのに、あっさり学校を支配下に置くやり方も好きだったけれど、今回のもろダークな策もいいね。私も協力するよ」

「ありがとう。アラミック。君には、掌握できてない派閥の攻めどころを調べて欲しい。頼めるかい？」

「いいよ。私は留学生だから、表面上、どこの派閥にも入ってないし、自由に動けるしね」

「恩に着るよ」

そうして、カイル達はその後の二週間で、自分達に反発している派閥の無力化に成功したのだった。

～・～◆アリシアの旅立ち◆～・～


あっという間に二週間が経ち、学校公開に行く日を迎えた。

「アリシア、本当に行ってしまうのかい？　危ないよ？　学校までは馬車で長い時間かかるんだよ？　途中で山賊にでも襲われたらと思うと、お父様は心配で夜も眠れないよ！」

最初は一緒に来ると言っていたパパさんは、領地の仕事で、一緒に行けなくなってしまった。自分が行けなくなったことで、私とママさんの出発をなんとかやめさせようと一生懸命だ。

「あなた！　もうおやめになって。疲れないように日程も四泊にして、ゆっくり行くことにしましたし、護衛だってあなたが選んだ選りすぐりの者ばかりでしょう？　安心なさって」

「そんな、アンネマリー……」

ママさんにピシャリと言われ、パパさんは情けない声を出す。

「もう！　しょうがないじゃありませんか！　領地の視察要請を無視しては、公爵ではありませんわ。ね？」

「はぁ……わかったよ。でも、アンネマリーも気を付けておくれよ？　君がいないと夜も明けないんだからね」

「はい、はい」

そう言ってパパさんはママさんを抱きしめたようだ。そして、今度は私の肩を抱いて、引き寄せる。

「アリシアも無茶はしないこと。お前は自分の目が見えないということを忘れてしまうからね。気を付けて行くんだよ」

そう言って、パパさんは私の頬に優しくキスを落とした。

その時、ふわりと全身が温かい空気に包まれ、防御魔法が施《ほどこ》されたのを感じた。

「はい、お父様」

そうして、私とママさんは馬車に乗り込んで出発した。

今日は、学校の近くまで馬車で向かい、用意されているヴィラに泊まる予定だ。

そして、いよいよ明日、明後日と学校公開に行く。

あの通信以来、カイルとは話をしていないので少し不安だが、それよりも会える喜びのほうが大きかった。

なんといっても、カイルと直接会うのは約一年ぶりだし、前は恋心に気付いていなかったので、今回が初めて好きと自覚して会うことになる。

少し、緊張してしまう。

出発してしばらく経ってから、私はママさんに尋ねる。

「お母様、まだですか？」

「もう！　アリシアちゃんったら、まだ出発したばかりじゃない。まだまだよ。やっと、王都を出る門まで来たところよ」

私は既に三回はママさんに同じことを聞いていたので、流石《さすが》に呆れたように言われてしまった。

私はしょんぼりと肩を落として、小さく言う。

「ごめんなさい……こんなに遠出するのも初めてで。やっぱり、王都を出ると違うのかしら？」

「そうねぇ。王都の外は少し物騒《ぶっそう》になるから、スピードを上げて行くと思うわ。景色も家が段々とまばらになって、畑が増える感じかしら。想像できる？」

「うーん、なんとなく？」

日本の田舎を思い浮かべながら小首を傾げる私に、ママさんは優しく笑う。

「そうよね。でも、スピードを上げて移動すれば、三時間くらいでヴィラに着くわ。だから、もうちょっと我慢していてね」

「はーい」

見えなくても門を潜《くぐ》ると、本当にスピードが上がったことがわかる。

私は、うん、これならすぐに着きそう、と馬車のソファに背を預けた。

やはり景色が楽しめないので、こういう移動は退屈だ。

しばらくうつらうつらしていたが、馬車の止まる振動で頭が覚醒《かくせい》する。

「あら？　着いたのかしら？」

私が確認すると、

「まだなはずよ。どうしたのかしら？」

そう言って、ママさんは御者に状況を確認する。

「まぁ、そういうこと？　わかったわ」

ママさんは一人納得したように、話をやめてしまった。

「お母様？」

私が訳もわからず、ママさんに話しかける。その時、突然、外からガヤガヤと誰かの話し声が聞こえてきた。

私はその声の中によく知っている声があるのに気付き、慌てて窓を開けた。

「カイル？　貴方なの？」

「アリシア!!　よく来たね！」

「本当にカイル？」

「ああ、そうだよ。君が心配で迎えに来たんだ」

カイルの声が近づくと同時に、ガチャッと馬車のドアの開く音がした。

バランスを崩して馬車から落ちそうになると、よく知っている温かい腕が、しっかりと支えてくれる。

「おっと！　会って早々、心臓が止まりそうだよ。大丈夫かい？」

頭上から響く優しいカイルの声と腕に、泣きそうになる。

だって、この二週間、気が気ではなかったのだ。どこのお茶会に参加しても、必ず親切な誰かが、カイルと男爵令嬢の噂を私に言ってくる。それだけで私の不安は日に日に膨らんで、悪い想像ばかりが、頭をよぎってしまっていた。

だから、カイルが変わらず優しく抱きしめてくれたことに、本当に安堵《あんど》したのだった。

「カイル殿下？」

カイルときつく抱き合っていると、呆れた様子でママさんが声をあげた。

「失礼しました、アンネマリー公爵夫人。あまりにアリシアのことが心配で、お迎えに上がりました。夫人もお変わりなく嬉しい限りです」

「ありがとうございます。残念ながら、主人は仕事で来られませんでしたの。女ばかりの旅の予定でしたので、嬉しいですわ」

「それはいけませんね。この先は、僕達がご一緒いたします」

「僕達？」

私は思わず聞き返す。

「ああ、紹介が遅れました。こちらはご存知かと思いますが、カーライルです。アラカニール公爵家の嫡男《ちゃくなん》です」

カイルがそう言って私の体を離すと、私達の近くに誰かが近寄ってくる気配がした。

「伯母上。お久しぶりでございます。アリシア嬢とは、二度目かな？　一応、婚約式で挨拶はさせてもらったんだが、覚えてないかな？」

「カーライル殿。久しぶりですね。元気そうでなによりです」

ママさんが嬉しそうに話しかけた。

アラカニール公爵って、パパさんの妹である叔母様が嫁いだ家よね。

私は婚約式でのカーライルさんの声を思い出していた。

その時もこんな感じの優しい声だったわ。

「もちろん覚えておりますわ。お久しぶりです、カーライル様。まさかこんなところでお会いできるなんて！　嬉しいですわ」

「私も従妹《いとこ》姫にまた会えて嬉しいよ」

カーライルさんが声を弾ませると、カイルが体の向きを変えて続ける。

「あと、こちらがナカハヤス伯爵家のエリックです。剣の腕が立つので、一緒に来てもらいました」

「お初にお目にかかります。エリック・ナカハヤスです」

「まぁ、ナカハヤス伯爵の息子さんなら安心ね。アリシア、こちら騎士団長の息子さんよ」

硬質な男の子の声が聞こえると、ママさんが嬉しそうに声を弾ませて言った。私は声のしたほうに、膝を折って挨拶をする。

「初めまして、アリシア・ホースタインです。エリック様。よろしくお願いいたします」

「こちらこそ。公爵夫人とアリシア様をお守りすることができるなんて、光栄です」

そう言って、エリックさんは敬礼したみたい。足がビシッと鳴ったから。

「では、出発いたしましょう。滞在は来客用のヴィラでしたね。カーライルは公爵夫人のエスコートを頼む。エリック、警護体制をチェックしてくれるか？」

「わかりました。伯母上、こちらにどうぞ」

「まぁ、ありがとう」

「おい！　護衛隊長は誰だ？　ちょっと確認させてくれ」

「はっ！　こちらです！」

それぞれがやるべきことを始めると、カイルが優しく私をエスコートしてくれる。

「アリシア、会えて嬉しいよ」

そう言って再び抱きしめられると、ドギマギしてしまう。

「カ、カ、カイルも元気そうで、よ、よかったわ」

「でも、外で会うのは初めてだね。緊張してる？」

「そ、そうなの！　王都を出たことなんてなかったから、ドキドキしてるのよ」

「相変わらず、可愛いね。僕のお姫様は！」

カイルはきゅっと腕の力を強めると、名残惜《なごりお》しげに抱擁《ほうよう》を解いた。そして、私を馬車とは別の方向にエスコートしようとする。

「え？　カイル？　馬車はこっちじゃない？　私が間違えてる？」

「流石《さすが》、アリシアの方向感覚は凄《すご》いね。公爵家の馬車には、アンネマリー様とカーライルに乗ってもらうよ。僕とアリシアはこちらだ」

馬車とは反対方向に少し歩くと、カイルにちょっと待っててと手を離されてしまった。

少し不安に思ってキョロキョロしていると、急に胸の下をグイッと引っ張られる。

「きゃーっ！」

掴んできた手を慌てて握ると、不安定な場所に座らされ、後ろからしっかりと抱きしめられた。

私はその腕を掴んだまま振り向いて、大声で笑うカイルに向かって文句を言った。

「びっくりしたじゃない!!　それに、これはなに？」

「アリシアは初めてだろう？　馬の乗り心地はどうだい？」

「……馬？　これが？」

私はびっくりして、目をぱちぱちと瞬《しばた》かせる。

皆が馬、馬って言うから、前世の馬だと思っていたのに……これ……オートバイ？　じゃん。

触り心地が機械じゃん。

「ああ、そうか。アリシアは、馬に触ったこともないのかい？」

「ええ……初めてだわ。私、馬はずっと生き物だと思っていたの」

「生き物!?　面白いことを言うね。馬が生きてたら大変じゃないか！」

「まぁ、その……そうですわね……」

軽い調子で笑うカイルに、私は途切れ途切れに答える。

確かに馬が、前世の馬と同じだと思い込んでいた私が……悪いのかな？

今世では、馬って名前のオートバイでも別におかしくない？　よね。

そういえば、今まで馬車で移動しても鳴き声とか匂いとか感じなかったかも……

私は衝撃の事実に、しばし呆然とする。

それにしても、これってどうやって動いてるの？

ガソリンってあるのかな？

全然、音とか匂いとかしないよね？

「あの、カイル？」

「なんだい？」

「えっと、この馬はどうやって動くの？」

「え？　どうやってなんて……ああ、そうか。アリシアの目が見えないからと、誰も言わなかったのかな？　当たり前過ぎて、確かに僕も話してないね」

そう言って、カイルは慣れた手つきで私を腕の間に挟んだまま、ガチャガチャとハンドルらしきものをいじる。

「ほら！　こうやって魔力を通せば浮き上がるんだ。それで、後はスピードを調整すれば、設定された場所まで一直線だよ」

「ま、魔力？」

「ああ、通信機よりはかなり大きな魔力が必要だけどね」

私は久々に聞いた魔力という言葉に、幼い頃、カイルと魔法練習したことを思い出した。

なんだか、この世界と自分が想像していたものは、かなりの隔《へだ》たりがあるのかもしれない。呆然としている私にカイルが話しかける。

「えっと。魔道具についても、まだ、なにも聞いてないとか？」

「うん……。通信機や録音機が魔道具なのは知ってるけれど、それもカイルが魔道具だと教えてくれたからなの。それ以外はなにも……」

「公爵家はまだ魔法を秘密にしているのか……。でも、馬車には乗ってたよね？　そりゃ見たことはないだろうけど……アリシアも疑問に思わなかった？　なんで動くのかとか」

「さっきも言ったように、私、てっきり馬は生き物だと思ってたの」

「その生き物って発想もなんでなんだい？　本当に、アリシアと話していると楽しいよ」

そう言って、カイルと私は車輪のないオートバイもとい馬を走らせて、宿泊先のヴィラに向かったのだった。

魔法や魔道具のことはカイルに聞いて知っていたが、いくらなんでも、こんな大きなものが魔力を使って動くとは思ってもみなかった。

本当に大丈夫なの？　この世界……

魔力を燃料に走るオートバイ……なのね。

私は、今、初めて見えない恐怖を感じながら、ぐんぐん進む馬に乗って、真正面から風を受けていた。

後ろからカイルにしっかりと抱きしめられているが、少し不安定な馬の乗り心地が、心の不安定さとリンクする。

今まで公爵家では、魔法を使えない私には魔法に関する話題はタブーとされていた。いつか話してくれると思っていたが、今日までその時は訪れなかったのだ。

もうこれ以上、なにも知らないままでいるのは我慢できない……！

「カイル。私に魔法や魔力、魔道具についてもっと教えてくれる？」

「いいのかい？　公爵は君のためを思って、秘密にしてるんじゃなかったかい？」

「そうなんだけど、もう、我慢できないわ!!」

「アリシアらしいね。でも、やっぱり勝手に教えるのはよくないと思うから、後で公爵には通信で相談してみるよ」

「ありがとう。カイル」

カイルは前に座る私をギュッと抱きしめてから、少しスピードを上げた。


私達がヴィラに到着すると、早速何人かの使用人が迎えに出ていた。

「ようこそお越しくださいました。ホースタイン公爵夫人、アリシア様」

「ええ、出迎えありがとう」

ママさんが満足そうに返事をしていたので、きっと感じのいい場所なのだろうと思う。

私は、早く魔法について聞きたかったのだが、ママさんが少し休んでいらっしゃいと言うので、部屋までカイルにエスコートしてもらい、夕食までは休むことにした。

着替えてベッドに入るが、長年の疑問を説明してもらえることが楽しみで、寝つくことができない。

ひとまず、寝るのは諦めて現状を整理してみる。

まず、ここは異世界で、中世風の生活様式だけど魔法がある。インフラに関しては、日本とほぼ変わらない。

馬は前世のような生き物ではなくて、魔力が燃料のオートバイ。

これが今わかっていること。

私の魔法については、昔カイルと練習したことは今でも頑張って続けているが、依然スタンプ以上のことはできるようになっていない。

でも、成長した今、カイルにもう一度魔法を教えてもらったら、状況は変わるかも。さっきカイルが走らせていた、大きなオートバイのような馬にも乗れるかも……とつい期待してしまう。

後は、名前だ。

馬のように、前世と同じ呼び名で実際には違うものが他にもあるかな？

犬が猫だったりする？

私が思い込んでるだけで、見た目は、全然違う世界なのかもしれない。

だって、私が想像する世界で馬をオートバイに変えたら、かなり印象が変わる。

頭が痛くなってきた……

私はもう起きることにして、侍女を呼んだ。

「もう起きるわ。誰かきて」

いつものように呟いて、ハタと気付いた。

これもかなり不思議だよね。

監視カメラかなとか思ってたけど、ここは公爵家ではないのだ。

本当に誰かが来るのか、それとも来ないのか……私はドキドキしながら待っていた。

今までは当然だと感じていたけど、呟くだけで誰かが来てくれるなんて、前世でも聞いたことないもの。

もし、誰かが来たら……やっぱりこれも魔法？

「お嬢様、お呼びですか？」

間もなくケイトの声がして、当然のように部屋に入ってくる。

私はドキドキとうるさい心臓を押さえて、用件を伝えた。

「ケイト？　もう起きるわ。着替えの用意をお願い」

「かしこまりました」

すると、ケイトが着替えを用意する音が聞こえてきた。

私は思い切って今の疑問を尋ねる。

「ねぇ、ケイト。いつも私が来てと言うと来てくれるけれど、私の声が聞こえるの？」

ケイトは私の着替えを準備する手を止めて、クスクスと笑って答えた。

「まぁ、なにを仰《おっしゃ》っているんですか？　そんなの当たり前じゃありませんか。お嬢様の声は屋敷内であればどこにいても聞こえるように設定しておりますよ？　このヴィラでも同じように設定させていただきました」

「えっと……魔法で？」

「もちろんですわ。それ以外の方法なんてあるわけないじゃないですか？　お嬢様も魔法はご存知でしたでしょう？」

ケイトはなにを今更といった様子で言う。

確かに私は、魔法の存在は知っていた。

でも、私の中の魔法は、カイルの攻撃魔法と、防御魔法、そして私が押せるスタンプだけなのだ。

前世の常識に囚われて、聞けば答えてくれるのに、どうして？　何故？　と聞くことさえ忘れていた。

「はぁ、馬鹿みたい……」

「はい？」

「ううん、そうよね。魔法よね？」

「はい」

ケイトは不思議そうに返事をすると、着替えの続きを手伝ってくれた。それから、皆が待つという部屋まで案内してくれる。

「こちらでございます」

「ありがとう」

私はそう言って、目の前のドアをノックした。

「アリシアです」

部屋に入るとサッと手を取られた。

「アリシア、大丈夫かい？　もう少し休んでいてもよかったのに」

「ありがとう、カイル。ずっと座っていたから、疲れていなかったの」

「そうかい？　ならいいけれど」

私はカイル以外にも何人かの気配を感じ、周りに顔を向けてみた。

「えっと、どなたかしら？」

「流石《さすが》に気配に敏感だね。カーライルです」

「エリックです」

先程会った二人に続いて、更に別の声が聞こえてきた。

「初めまして、美しいお嬢様。隣国から勉強に来ています、アラミックと申します。どうぞお見知り置きを」

やや軟派な男性の声が聞こえ、カイルとは別の手を取られた。しかし、すかさず隣にいたカイルがその手を外してしまう。

「アラミック、挨拶だけでいいよ」

「これは出過ぎた真似を」

くつくつと笑うアミラックさんの横で、また誰かの声があがった。

「私はミハイル・タニスオンでございます、アリシアお嬢様。家は商家ですので、なにかご入り用でしたら、なんなりとお申しつけください」

ミハイルさんは、真面目な感じの声で自己紹介してくれた。

「アリシアです。よろしくお願いします」

そして、シャラシャラとした衣ずれの音と共に、可愛らしい声が響いた。

「エミリアですわ。アリシア様、以後よしなに」

「は……い？」

突然の女性の声にびっくりしていると、カイルから改めて紹介された。

なんでも入学してから仲良くしている方達とのことだ。

私はエミリアさんも？　という言葉をぐっと呑み込む。

皆さん、カイルに呼ばれて今日の学校の様子を報告に来ていただけらしく、挨拶が終わるとすぐに帰るようだ。

友人というより、上司と部下という感じである。

私は突然話しかけられて、声のしたほうを振り向いた。

「アリシア様」

「はい？」

「私はエミリア・フレトケヒトです。父は男爵位を賜《たまわ》っております。折角学校にいらっしゃるのですから、仲良くしてください！」

可愛らしい声で話すエミリアさんは、とても優しそうだった。

でも、エミリアさんが男爵令嬢だと聞いて、噂の相手がエミリアさんなのではないか？　という疑惑が胸に芽生える。

「あ……あの……」

私が気後れしてなにも言えずにいると、エミリアさんがそっと私の手を取った。

「アリシア様、本当にお目が見えないんですね……。なんてお可哀想なの！」

とても親身になって話してくれるエミリアさんは、噂に聞いていた人物とは違い、とてもじゃないがカイルを追い回すようには感じられない。

「アリシア様！　学校公開では私になんでも聞いてくださいね。できる限りサポートします！」

そう言ってエミリアさんはブンブンと手を振る。

「あ……ありがとうございます」

「アリシア様がこんなに素敵な方だなんて！　噂なんて当てになりませんね！」

「……噂？」

「アリシア様は盲目を理由に好き勝手していて、我が儘で意地悪だという噂を聞いたんです！　酷いですよね！　こんなにお優しくて、お綺麗なのに」

エミリアさんは、「酷いわ」と繰り返す。

その時、私はカイルと男爵令嬢の噂の信憑性《しんぴょう》について、きちんと考えていなかったことに気が付いた。

そうだわ。確かに、噂なんて鵜《う》呑《の》みにしてはいけないのかもしれない！

このエミリアさんが噂の男爵令嬢なら、こんなに親切な訳がないもの。

私は、エミリアさんに向かってにっこりと微笑んだ。

「本当に噂なんて当てになりませんわね。エミリアさん、私のほうこそ色々よろしくお願いします」

私が淑女《しゅくじょ》の礼を取ると、エミリアさんはきゅっと私の手を握る。

「や、やめてください！　アリシア様にそんなことさせられませんわ！　アリシア様は公爵令嬢ではありませんか。堂々としてください！」

エミリアさんの焦る様子が可愛らしくて、私はふふふっと笑った。

「仲良くなったようだね？」

「カイル様！　こんなに素敵な方を今まで独り占めにしていたなんて、酷いです」

「ハハハ、すまないな。アリシアとは女性同士だから、仲良くしてくれると嬉しいよ」

憤慨するエミリアに向かって軽く笑いながら、カイルは私の肩を抱き寄せた。

「カイル」

「アリシアもエミリアとは仲良くやれそうかい？」

「ええ、エミリアさんはとても優しい方なのね。同性のお友達は初めてだから嬉しいわ」

「えぇ！　そうなんですか！　お友達なんて恐れ多いですが、こちらこそよろしくお願いします」

そう明るく答えたエミリアさんに、私は内心安堵《あんど》の息を吐いた。

噂など実際に会ってしまえば、心配するようなものではないのだと胸を撫で下ろす。

しばらく和やかに談笑し、エミリアさん達はまた明日と言って帰っていった。

彼らを見送った後、私はエミリアさんについて考えていた。

確かにエミリアさんはカイルと仲がよく、彼の信頼を得ている。

もし彼女が例の男爵令嬢なのだとしても、エミリアさんと知り合った今、それが根も葉もない噂だと断言できる。

私は、いい加減な噂に振り回されていたことを反省した。

私がドアのほうを向いたまま動かなかったので、心配したカイルが話しかけてくる。

「どうしたの？　大丈夫かい？　エミリアはあの通り人懐っこいんだけど、少し強引なところもあるんだ。突然で驚いただろう？　本当なら明日紹介しようと思ってたんだけど、どうしても今日報告を聞きたくて呼んでしまったんだ。すまなかったね」

「いいえ、大丈夫よ。私が早く来てしまったみたいだし」

私がゆるゆると首を横に振ると、カイルはホッとしたみたいだった。

「また、明日にでも改めて紹介するよ」

「ええ、お願いね。でも、皆さんいい方達で会えて嬉しかったわ」

「ああ、そうだろう。自慢の友人なんだ」

どこか誇らしげなカイルに、私はにっこりと笑みを向けた。

そうして、私達はソファに座った。私が寝室で休んでいる間に、カイルはパパさんに通信を送り、パパさんに私に魔法について話す許可を取りつけてくれたらしい。私達は、早速魔法について話すことにした。

まずは、私が今まで不思議に思っても、一人で勝手に納得していた事柄について尋ねることにする。

わからないことは聞く！　今の私にできるのはそれだけだ。

私が思いつくまま話し出すと、カイルは私の手の甲をポンポンと叩いた。

「ア、アリシア、そんなに一度に聞かれても答えられないよ。少し落ち着いてお茶でも飲もう」

そう言ってカイルは、いつのまにか用意されていた温かいティーカップをそっと手に握らせてくれる。

私は、その紅茶を一口飲むと、深呼吸してソファに座りなおした。

「ごめんなさい。カイル。色々聞きたいことがあって……私ってば子供みたいね」

「いいよ。見えない君に必要な説明を、僕達が忘れてしまっていたことが問題なんだから気にしないで。ただ、質問には一つずつ順番に答えていくよ」

「わかったわ。じゃあ、初めは、えっと……魔法にはどんな種類があるの？　私はカイルの攻撃魔法と私のスタンプ位しか知らないの。防御魔法もパパさんがかけてくれてたみたいだけど、どういったものなのかまでは……」

「そうか……。確かに、昔は説明もなにもなくやってみようと始めたんだったね。じゃあ、僕が学校で習ったことを踏まえて説明するよ」

そう言ってカイルは、魔法の種類や使える範囲、実際にどのように使っているのかを丁寧に説明してくれた。

子供だった時よりも、その説明は理論に基づくものでわかり易い。

あの時は、なんとなくできるんだからやってみようと練習したなんて……今思えば無謀《むぼう》だった。

カイルの説明では、普通、魔法は目が見えたり、耳が聞こえたり、声が出たりすることと同じようにいつの間にか使えるようになっているものらしい。

ほとんど無意識に使っているが、理論上、魔法は結果を具体的に想像することで発動する。

一通り魔法の理論の説明が終わると、カイルは私の状況について言及した。

「という訳だから、多分、アリシアが魔法を上手く使えないのは、具体的に想像することが難しいからだと思う。例えば、馬だけど、あの形のものが浮き上がって前に進むと想像することで、僕の中の魔力が馬を動かしているんだ。でも、アリシアは馬の形を知らなかったし、生き物だと思っていただろう？　それじゃあ、結果を具体的に想像できないよ」

「そうね。確かに見えないから、形や色を具体的に想像するのは難しいわ。やっぱり、目で見る必要があるのね」

顎《あご》に手を当てて考え込む私の側で、カイルがゆっくりと頷いたようだった。

「ああ、だから、今まで君は使えなかったし、多分これからも難しいかもしれない。スタンプは、君が魔法を使いたいという思いが、具体的な形を取らずに発動したものなんだと思う。さっき公爵と話した時、公爵家の皆はその難しさを知っていたから、あえて魔法について話さなかったと言っていたからね」

「お父様が？」

「ああ、悔しそうに仰《おっしゃ》っていたよ」

「そうなのね……」

私は目が見えないことが、魔法を使えないことにも繋《つな》がるとは思っていなかったので、ガックリと肩を落とした。

「そんなに落ち込まないくれ。だってアリシアは公爵令嬢じゃないか！　魔法なんて使う機会のほうが少ないよ」

「どうして？」

「今までもそうだったと思うけれど、身の回りの世話や移動などは、使用人が魔法を使うから、貴族の、ましてや女性は魔力を使う機会がほとんどないんだ。毎日の防御魔法くらいかな」

カイルの説明では、日常生活で使用される魔法のほとんどは、使用人が担《にな》っているらしい。

私たちが使うのは、防御魔法以外だと、馬などで自ら移動する場合や、明かりをつけたり消したりする時だけらしい。

そうなると私は一人では移動しないし、明かりも必要ないからいらないといえばいらないかも。

前世にはなかったものなので、是非とも使ってみたかったが仕方がない。

攻撃魔法を使うのは主に騎士だが、使用には資格と厳しい制限が設けられている。

狼事件の時にカイルが攻撃魔法を使ったのは、緊急時の特例だったのだ。

もちろん学校でも魔法の授業はあるが、どちらかというと、本能的に使っている魔法に理論を嵌《は》め込むようなものだとか。

攻撃魔法などは、騎士団志望の学生だけが選択授業として勉強しているということだった。

カイルから話を聞いて、私の魔法に関する印象はかなり変わってしまった。

なんでもできる魔法のイメージが、私の中で電気水道ガス魔法というインフラカテゴリーに分類された。

仕組みはよくわからなくても使えるし、ないならないで大丈夫だけれど、あれば便利みたいな？

こうして前世から抱いてきた魔法のイメージは、一瞬で崩れ去ったのだ。

もっと、カイルが使ったような攻撃魔法なんかをバンバン使うのかと思っていた。

「まぁ、そうよね。十六年もなくても平気だったんだもの。今更よね」

「ああ、でも一つだけアリシアも使えるというか、頑張って身につけて欲しい魔法があるよ」

「え？」

「自分の身を守る防御魔法だよ。やっぱり今後、こうやって公爵邸から出る機会もあるとなると心配だからね。前も練習したけど、スタンプしかできなかっただろう？　僕の考えだけど、アリシアは理論をちゃんと理解したら使えるんじゃないかと思うんだ」

カイルは体をぐっと近づけながら、そう意気込む。しかし、魔法を発動するイメージを上手くできない私にそれは難しく思え、思わず小さくなってしまう。

「でも、私は見えないのよ？」

「防御魔法は自分にかけるんだ。見えなくても自分自身の体は想像できるだろう？」

「そうね……確かに」

「それに防御魔法は、効果が一日で切れてしまうから、毎日自分自身でかけ直すものなんだ。そのため、貴族でも王族でも必ず使う魔法と言ってもいいかもしれない。魔法をかける時は想像して発動するのではなく、安全を祈る感じに近い気がするよ。今は公爵やアンネマリー様が毎日交代でアリシアを守っているみたいだから、これから魔法理論を理解した上で、少し練習してみてもいいかもしれないな」

「そうなのね。確かにあの狼事件の後から、毎日誰かしらに防御魔法をかけてもらっていると思うわ。誰も魔法とは言わなかったけれど、必ずおはようのキスをしてくれて、その時周りがふわって温かくなるの」

「ああ、たぶんそれだね。アリシアからは、お二人の気配が非常に濃く出てるんだ。これは子供がまだ上手く防御魔法を使えない場合に、親がかける時の特徴だよ。毎日のことだし、自分でできるようになるとかなり楽だ」

カイルの言葉を聞いて、私はギュッと拳を固めた。そして、意を決して口を開く。

「……私、もう一度魔法を勉強してみるわ。カイルが話してくれたんだし、お父様にお願いしてみる！」

「そうだよ。公爵も僕が魔法について話すことを許してくれたんだ。これからは公爵も色々話されるんじゃないかな。もちろん僕にできることは協力するし、君を守るよ」

「ありがとう、カイル。本当にできるなら、私も防御魔法を使ってみたいわ。ねえ、昔みたいに教えてくれる？」

「それは構わないんだけど、やはり一度ちゃんと魔法の先生に理論を習ったほうがいいと思うよ」

「わかったわ」

私はカイルの言うことももっともだと頷いた。

「ねぇ。じゃあ、カイルはどんな魔法を使えるの？」

私は興味津々に尋ねてみた。

一つわかったら、もっと他のことも知りたくなったのだ。

カイルは「そうだなぁ」と言いながら、私の手を取って持ち上げると、そこにキスを落とした。

「え⁉」

その途端、私の体がふわりと宙に浮かんだ。

「こんなことかな？」

「すっごーい！　どうして？」

「アリシアを見て、ふわふわしてる君が見たいなぁと想像しただけさ」

「皆もできるの？」

「うーん、どうだろう。僕は王族だから他の人より魔力が強いんだ。こればかりは、やってみないとわからないんだよ」

「面白いのね」

ふわふわと浮かんだ体をバタバタさせてみたが、落ちる気配はない。

「じゃあ、下ろすよ」

カイルがそう言うと私の体が段々と下がって、元のソファにストンと着地した。

「どうだった？」

「すっごい楽しかったわ！　カイルは凄《すご》いわ！」

「そんなことはないよ。あ、そうだ！　明日からの学校公開で、魔法の公開授業があったはずだよ。行ってみようか？」

「本当？　私、是非とも聞いてみたいわ」

ワクワクする気持ちのまま、勢いよく身を乗り出す私を、カイルはそっと抱き寄せて囁《ささや》いた。

「僕から言っておいてなんだけど、そんなに楽しそうにされると面白くないな。アリシアは、僕に会いに来てくれたんじゃなかったのかい？」

カイルの言葉に、瞬く間に顔が熱くなる。

「もう、意地悪しないで！　もちろんカイルにも会いたいから来たけど、聞いてみたいんだもの！」

私は頬を膨らませた後、カイルの胸に顔を沈める。

……あれ？　カイルの体って、こんなに大きかったかしら？

魔法のことに振り回されていたけれど、本来のカイルに会いたいって気持ちが、今になって湧き上がってきたようだ。

そうよ。カイルが好きとわかってから、初めて会ったんじゃない！

私は、おずおずとカイルの背中に腕を回して抱きついてみる。カイルの身体が一瞬ビクッと跳ねたかと思うと、彼は更に強く抱きしめてくれた。

カイルの力強い腕を感じると、私の胸から嫌な噂や不安が嘘のように消えていく。

私はふーっと息を吐いてから、囁《ささや》いた。

「私ね、気が付いたの。今まで隣にいてくれるのが当たり前だったから、わからなかったけれど……私、カイルのことが大好きなの」

カイルはハッと息を呑んでから、私の顔に頬をすり寄せる。そして少し得意げな声で答えた。

「知ってたよ」

~・~♣カイルと防御魔法♣~・~

カイルは、自分にひしっと抱きついて可愛く告白するアリシアを目の前に、自分の顔が綻《ほころ》んでいくのを止められなかった。

格好つけて「知ってたよ」とは答えたが、うるさく鳴り響く心臓の音がアリシアにバレてしまうのではないかと思うくらいドキドキしていた。

これまで悪い虫がアリシアに近づかないようにしてきたし、好きと伝えてくれるのをずっとずっと待っていたから、感無量である。

学校に入学したことで、少し距離が離れたのもよかったのかもしれない。こうしてアリシアが自分の気持ちを打ち明けてくれたのだから。

カイルは、アリシアの柔らかい体を抱きしめながら、今、この幸せに少しでも長く浸っていたかった。

もう、十六歳だしな……と、カイルはアリシアの顎《あご》に手を当てて少し上を向かせる。そして、その唇にキスを落とそうと顔を近づけた。

——バチッ！

「痛!!」

「え？　カイル？　どうしたの？」

どうやら公爵の防御魔法が発動したらしい。

カイルは内心穏やかではなかったが、平静を装って答えた。

「えっと、静電気かな」

「そうなの？　大丈夫？　痛そうな声だったけど……」

「大丈夫、大丈夫」

カイルは一旦アリシアから離れ、彼女を取り巻く魔法の気配を感知し、驚愕《きょうがく》した。

「こ、これは……」

公爵の防御魔法は、完璧にカイルへの攻撃態勢を取っており、とてもこれ以上は近づけない。

逆に言うと、ここまで強固な防御魔法は見たことがなかった。

彼女にかかった防御魔法は、カイルを無害な幼馴染ではなく、アリシアに害を成す危険人物と認定したみたいだ。その矛先をカイルに向けている。

「と、取り敢えず、なるべく早く、アリシアは自分で防御魔法を発動できるようにならないとね」

カイルはそう言って、公爵の防御魔法に頬を引きつらせるのだった。


～・～◆アリシアと学校公開◆～・～


「ようこそ！　こちらで学生手作りのクッキーを販売しておりますよ～」

「美味しいコーヒーはいかがですか～」

翌日、カイルの迎えを待って、学校公開にやってきた私は、あちらこちらから聞こえてくる活気のある声に、キョロキョロと頭を動かしていた。

今世では箱入りお嬢様なので、街を歩いたことすらない。そんな私にとって、こういった場所や声は物珍しくワクワクするものだ。

私は、手をしっかりと掴んでエスコートするカイルに向かってお願いした。

「ねぇ、カイル。私、クッキーを食べてみたいな。紅茶もあるのかしら？」

「………」

無言で進むカイルの手を握り返して、再度話しかける。

「カイル？　どうしたの？」

カイルは、突然掴んでいた手を緩《ゆる》めて、肩を抱き寄せた。

「いや、えっと、クッキーだっけ？」

「え？　うん……そうだけど……」

私は、なんとなく硬《かた》い声のカイルにいつもと違う雰囲気を感じ、控えめに答える。

「ちょっと待っててくれるかい？」

そう言ってカイルが私から少し離れる。

すぐ側で、彼が誰かになにかを頼んでいるのを感じて、私はお友達かな？　と話が終わるのを待つことにした。

するとすぐにカイルが戻ってきて、サッと私の手を取ると、模擬店から遠ざかっていく。

「あれ？　寄らないの？」

「ああ、学校内でも気を付けなければいけないからね。応接室を確保してあるから、そちらに行こう」

そうして、私は楽しそうな模擬店から離れて、静かな応接室へ連れて来られた。

私は、残念な気持ちでカイルに話しかける。

「ねえ、カイル、もうちょっと模擬店を楽しみたかったわ。どうしてここに来たのか教えてくれるかしら？」

しょぼんと肩を落とすと、カイルは慌てて私の手を取った。

「ごめんよ。僕もできれば、君と一緒に歩いて回りたかったんだ。でも、あまりに人が多すぎて、君の安全を確保できないと思って」

「そんなに混雑していたの？」

「そうなんだ。今は学校公開が始まったばかりで人も多い。ほら、公爵夫人も校門に着くなり、ご学友にお会いして、お二人で行ってしまっただろう？　流石《さすが》にあの人混みの中に、君を連れてはいけないよ」

カイルの言葉に私はきゅっとドレスを握った。

確かに、前世でいう東京《とうきょう》の交差点くらいの人混みだと、人とぶつからずに歩くのは難しい。

「だから、カイルは私をここに連れてきたの？」

「そうだよ」

ため息を吐く私の頭をポンポンして、カイルは優しく同意する。

その時、部屋のドアがノックされた。

「どうぞ」

カイルが答えるとドアが開き、誰かが入ってきた。

「失礼します。ミハイルです。ご依頼の物をお持ちしました」

「ああ、ありがとう。すまないがあちらのテーブルに置いてもらえるかい？」

「はい、わかりました」

「皆はどうしてる？」

「今はそれぞれのクラスを手伝っています。では、私はこれで失礼します。なにかありましたら、通信でお知らせください」

そう言って、ミハイルさんはなにかをテーブルにガタガタと置くと、そのまま退出していった。

「さあ、アリシア。人混みが引くまで、ここでお茶でもしていよう。ミハイルには、模擬店の食べ物を持ってきてもらったんだよ」

カイルの言葉に私は顔を上げた。

確かに目の前からいい匂いが漂ってくる。

お行儀が悪いとは思っても、ついクンクンと鼻を鳴らしてしまう。

「まぁ、わざわざ？　嬉しいわ！」

私は、側に控えていたケイトに手を引かれてソファに座る。

その様子を見ていたカイルが、笑みを含んだ口調でこれからの予定について説明してくれた。

「今はここでお菓子でも食べて、少し人混みが収まってから、もう一度行ってみよう。それに君が聞きたいと言っていた魔法の授業も午後にあるから、そちらにも行こう」

「魔法の授業が？　楽しみだわ！　ちゃんと、後で連れて行ってね。約束よ？」

カイルは「しょうがないなぁ」と呟くと、優しく、とても優しく、そして甘い声で答えた。

「わかったよ。僕のお姫様」

～・～♣カイルの苦悩♣～・～

カイルは、アリシアが腰を下ろしたのを確認するとホッと息を吐いた。

今アリシアは、ミハイルが持ってきてくれた模擬店の商品に手を伸ばして、形を確認したり、匂いを嗅《か》いだり、音を聞いたりと興味津々に触っている。そんな愛らしい彼女を見て、カイルは先程のことを思い出していた。

確かに、アリシアに言ったことも本当ではあるのだが、実際は少し、いやかなり状況が違かったのだ。

公爵夫人と別れた後、カイルはアリシアの手を取って、模擬店を楽しもうと歩いていた。純粋に彼女に学校公開を楽しんで欲しい気持ちだった。

——初めは！

それなのに、あまり外に出ない盲目の公爵令嬢アリシアは、注目の的になってしまった。

アリシアには気付かれないようにしたが、歩くたびになんとか話しかけようと近づいてくる輩《やから》が多すぎた。

学生だけならカイルのひと睨みでいなせたが、父母までは無理だ。

確かに、聞こえてくる呼び込みにアリシアは興味を示していたから、模擬店に向かわせてあげたかった。しかし、その近くにはお近づきになりたい男女が入り乱れて、こちらを見ていたのだ。

あれでは行きたくもなくなる。

カイルは、近くにいた学生にミハイルへ模擬店の商品を応接室に持ってくるよう伝言を頼むと、さっさと避難して来たのだった。

アリシアは残念そうにしていたが、カイルは気が気でない。

アリシアの容姿はあまりに美しく、目立ちすぎるのだ。

輝くプラチナブロンドと澄んだ紫の瞳だけでも珍しい組み合わせなのに、あのアンネマリー公爵夫人の造形を受け継いでいるときた。

歩くだけで自然と視線を集めてしまう。

更に、目が見えないが故に少し不安そうにしているのが、儚《はかな》く、か弱く、庇護欲を刺激する。

掌握したはずの学生からも、羨《うらや》ましげに睨まれる始末だ。

自分に反感を抱く者からの報復よりも、アリシアが誘拐される危険のほうが高いと思い、さっさと退散してきたというわけである。

アリシアにああ言った手前、後で模擬店付近から人払いをして、見に行くしかないか……とカイルはため息を吐いた。

「カイル？　どうしたの？」

アリシアは、彼女に影のようにいつも付き従っている侍女に、模擬店の商品の説明を受けながら、いくつか気になるものを食べてみたらしい。

もちろん、アリシアが気付かないように侍女が毒味をしていた。

それらを手にしながら、無邪気にこちらを向くアリシアに、カイルはとびきりの笑みを浮かべる。

「どう？　気に入ったものはあった？」

「えっと、このクッキーは凄《すご》く美味しいわ。後はこの温かいフライドポテト？」

「ああ、それは少し南の地方の料理だね。バナナを油で揚げてあるんだそうだよ。珍しいだろう？　……ポテト？」

この間の馬の件に続き、またおかしなことを尋ねるアリシア。カイルが不思議に思いながら答えると、アリシアは眉尻を下げて首を横に振る。

「ううん、なんでもないわ。そうなのね。これはポテトではないのね……。えっと、後でできたてが食べたいわ」

「？　わかったよ。それじゃあ、ちょっとここで休んでいてくれるかい？　僕は少し席を外すね。用事があるんだ」

「あっ！　ごめんなさい。カイルのクラスもお店出すの？　そうよね、カイルも学校の学生だもの。どうぞ、行ってきて」

「そういうわけじゃないんだが……模擬店付近の人を確認してくるよ。そんなにはかからないけど、くれぐれもこの部屋からは出ないでおくれよ。念のため防御魔法をかけておくね」

「ええ、わかったわ」

素直に頷くアリシアを満足げに見つめると、カイルは彼女の手の甲にキスをして防御魔法を施《ほどこ》す。そして、静かに応接室を後にした。


〜・〜◆アリシアと襲撃者◆〜・〜

カイルが出て行った後、私は引き続きケイトに料理の説明を受けながら、興味のあるものを口に運んでいた。

前世でいうクレープみたいなものやクッキーを味見してみると、結構美味しい。

そうやっていくつか食べていたら、なにか飲みたくなった。

「ねぇ、ケイト。喉が渇いたわ」

ミハイルさんが持ってきてくれた中に飲み物はなかったらしく、ケイトは「すぐにお持ちします」と言って部屋から出て行った。

しかし、その後、すぐにドアが開閉する音が聞こえた。

ケイトがなにか忘れ物でもしたのかな？

「ケイト？　早かったわね？　どうかした？」

「……」

「ケイト？　どうしたの？」

返事が聞こえず、私は不安になりながら話しかける。

「ケイトじゃないのかしら？　どなた？　私はアリシア・ホースタインですわ」

目の見えないもどかしさを感じつつ、必死に話しかけるが、その人物からの返事はない。

「誰かいるのでしょう？」

手を前に出して探ってみるものの、なにも掴めずパニックに陥りそうになる。

「ねぇ……あっ！」

突然腕を引っ張られた私は、ソファから転がり落ちた。

「誰なの？　やめて！」

私は床に座ったまま、両手で顔を守るように覆ったが、今度は後ろから髪を引っ張られる。

「きゃっ」

なに？　誰？　なんでこんなことに？

「やめなさい！　私はホースタイン公爵令嬢アリシアです。名を名乗りなさい！」

私は、なんとかソファに手をかけて立ち上がると、しっかり顔を上げて言い放った。

「名を名乗らないなど、卑怯《ひきょう》ですよ！」

私は誰かの気配のするほうに手を伸ばした。すると、その人物の体に手が当たった。

「誰なのです！」

私は手首らしき場所を掴むと、自分のできる精一杯の魔力を流してスタンプを押した。すると、その人物が私の手を掴み、勢いよく地面に叩きつける。

「きゃー！　カイル、助けて!!」

その時、私の周りをなにかがふわりと包み込み、同時にバチッという鋭い音が響いた。

「痛っ!!」

誰かの小さな声が聞こえたと同時に、髪を鷲掴《わしづか》みにされ、肩を強く押される。すると、その人物はそのままなにも言わずに、部屋から出て行ったようだった。

私は尻餅をついたまま、今あった出来事に呆然とし動けずにいた。

一体なにが起こったのか？　見えない目を目一杯見開いて、自分の体を抱きしめる。

私は、襲われたのだ……

その事実に、ガタガタと体が震え出す。

その時、ドアが開かれてケイトの声が響いた。

「お、お嬢様!!」

ケイトが戻って来たことに安心した私は、そのまま気を失ってしまった。


「アリシアちゃん！」

ママさんの悲痛な声が聞こえる。どうしたんだろう？　と思った私は、意識が浮上してくるのを感じた。

「ん……？」

「アリシアちゃん！　大丈夫!!」

「お、おかあ、さま？」

「あぁ、よかったわ！　どこも痛くない？　気分は悪くない？」

ママさんの切羽詰まった声に、一瞬ポカンとしてから、先程自分の身に起こったことを思い出した。

私……襲われたんだ……

恐怖がぶり返し、ママさんに伸ばした手が小刻みに震える。

ママさんはそんな私の手を優しく包むと、しっかりと握った。

「大丈夫よ！　もう大丈夫！　怖かったわね、可哀想に」

ママさんの声を聞いた私は、我慢できなくなって、体を起こして抱きついた。

すると温かくて、優しくて、いつも私の味方でいてくれるママさんの香りにふわりと包まれる。

私はほっと息を吐くと、気が緩《ゆる》み、子供のように泣きじゃくった。

「おがあざま……」

ママさんは、ヒシッと抱きついて泣き出した私の背中をゆっくりと撫でながら、優しく囁《ささや》いた。

「もう大丈夫よ。お母様がいますからね。もう大丈夫」

呪文のように繰り返された言葉は、恐怖に包まれていた私の心を徐々に解きほぐしていく。

「アリシアちゃん、可哀想に……怖かったわね。学校なんて来なければ……」

「おかあさま、っ、お母様……」

私はママさんに抱きついて、その柔らかい腕に縋《すが》った。そうするといつも勇気と元気をもらえるのだ。

幼い頃も暗闇から抜け出せない恐怖に陥っていると、いつもこうやって抱きしめてくれたのを思い出した。

ふぅっと息を吐き出すと、今度はママさんの心臓の音を聞く。トクントクンと規則正しく響く音に、心がスッと落ち着いた。

「お母様、ありがとうございます。もう……落ち着きましたわ」

私はママさんから少し離れて、不思議な気分で尋ねた。

「お母様は私がパニックになると、いつもこうして抱きしめてくれましたわ。そうするとすぐに怖くなって、落ち着きますの」

「ふふふ、それはもちろんよ？　これはお母様の特権だもの！」

ママさんが少し得意そうに胸を張って、私の手の甲をトントンと叩く。

「お母様、もしかして魔法とかお使いですか？」

私の問いにママさんは意味ありげに笑った。そして、真剣な声音で尋ねる。

「アリシアちゃん、少し落ち着いてよかったわ。もし、大丈夫ならなにがあったのかお母様にお話しできるかしら？」

ママさんが無理しないのよと、柔らかく私の手を握ってくれた。

「大丈夫ですわ。お母様がいてくださると、勇気が出ますの」

そう言って、私はママさんに応接室であったことを話した。

「そうだったの……。怖かったわね。でも、カイル殿下の防御魔法が発動してくれてよかったわ」

「はい」

私が少し俯《うつむ》くと、ママさんは優しく頭を撫でてくれた。

「アリシアちゃんもよく頑張ったわね。お母様の誇りですよ」

その言葉に嬉しく思う一方で、私の中にある感情が湧き上がっていた。

それは怒りだ。

こんなずるくて卑怯《ひきょう》なやり方をする人になんかに、屈したくない。

泣き寝入りなんて性に合わない。

今までだって、どんな意地悪にも負けなかった。

涙を拭い、ぐっと顔を上げた私に、ママさんがゆっくりと話しかける。

「アリシアちゃん、貴女はこれからどうしたい？　すぐに帰ってもいいし、学校に警備の不備の抗議をしてもいいわ。貴女の側を離れたカイル殿下の責任も重いわね」

ママさんはそう言ってから、ふふふっと笑った。

——怖！

初めて聞いたママさんの声で、ようやくパパさんがママさんに勝てない訳がわかった気がした。

私はゴクンと息を呑むと、今の気持ちを素直に話す。

「お母様、私は帰りたくないですわ！　こんな卑怯《ひきょう》な犯人に負けたくありませんの！　だからといって、カイルや他の方の責任にもしたくないのです！」

「では、どうしたいの？　アリシアちゃん」

「できれば自分で犯人を見つけたいのです。このまま逃げ帰ったら、きっと後で後悔しますわ！

それに、私、犯人に手掛かりを残していますの」

「手掛かり？」

「はい！」

私が両手を握って宣言すると、ママさんはしばらくなにかを考えているようだった。

「アリシアちゃん、でも、貴女は明後日にはこの学校を去らなければならないのよ？」

「わかっています。でも、まだ、あと二日もありますわ」

「それに、襲われたばかりなのよ？」

「それも、わかっています。私が不注意にも一人になったことが問題なのです。これからは絶対に一人にはなりませんわ！」

「でも……危ないわ」

私のことを心配してくれるママさんは、中々許可をくれない。

「お母様！　お願いです！　私に帰るまでの時間を下さい！」

「──アリシア!!」

そうママさんに大きな声で頼んだ瞬間、息を切らしたカイルが部屋に飛び込んで来た。

「カイル!?」

「アリシア！　アリシア！　大丈夫かい？　襲われたと聞いて……慌てて……」

カイルは私の体をペタペタと触って確認する。私の無事を知ると、やっと安心したようで、私を力強く抱きしめた。

「よかった……。君が無事で本当によかった。僕が離れたばかりに、怖い思いをさせて本当にごめん」

久しぶりに聞くカイルの泣きそうな声に、私の胸がじわりと温かくなる。そして、カイルのがっしりとした背中をポンポンと叩いて話しかけた。

「いいのよ、もう大丈夫。怪我もないわ。カイルがかけてくれた防御魔法のおかげなの。ありがとう、カイル」

「僕の防御魔法が働いたのかい？」

私が頷くとカイルは「よかった」と言って私の体を更に強く抱きしめた。

「それより今、お母様に犯人捜しの許可をお願いしているところなの。ねぇ、カイルも協力してくれないかしら？」

「え？　犯人捜し？」

私が頷くと、私の肩口に頬を寄せるカイルが、深いため息を吐いた。そして、私を離して肩を掴む。

「君を襲った犯人を捜すなんて、そんな危険なことをさせられるわけないよ。怖くないのかい？」

私は肩に置かれたカイルの手を掴んで、ギュッと握った。

「私だって怖いと思う気持ちはあるのよ？　でも、それ以上に悔しいの。負けたくないの。どうして私がこんな目に遭ったのか知りたいの」

「アリシア……全く君には驚かされる。襲われて怖がっていると思っていたのに、犯人捜しをしたいと言い出すとは……」

「そうよ！　それに手掛かりもあるの！」

私はきゅっと唇を引き締めた。すると、カイルが諦めたようにママさんに声をかける。

「アンネマリー公爵夫人、多分アリシアは諦めないと思います」

カイルの言葉に、今まで黙っていたママさんが心配げに言う。

「カイル殿下……」

「私もアリシアと行動を共にしますし、友人達にも協力してもらいます。どうかこの学校公開期間だけでも、犯人捜しの許可を頂けないでしょうか？」

「カイル殿下……でも、それでは皆さんにご迷惑がかかりますわ」

「それでも、アリシアが一人で隠れて捜査するよりは何倍もマシです。駄目といえば、絶対に一人でもやると思いますよ。アリシアは」

私の性格をよくわかっているカイルの発言に、私は顔を下に向けた。

確かに、許してもらえなかったら一人でもと考えていたのだ。

ママさんは深いため息を吐いた後、渋々という感じで口を開いた。

「………わかりましたわ。カイル殿下が一緒にいてくださるほうが安心ですもの」

「え？　本当ですか？」

私は前のめりで返事をする。

「アリシアちゃん、でも、約束してね。絶対に無理しては駄目よ？　危ないことはしないでね？カイル殿下から離れないでね？　帰るまでよ？」

「はい！　ありがとうございます！」

「カイル殿下……。申し訳ありませんが、よろしくお願いいたします」

そう言ってママさんは犯人捜しを許してくれた。

犯人にはスタンプを押したのだ。

以前カイルにつけた時は一週間くらい残っていたから、あれも同じくらいの期間は消えないはず。

私が触れれば熱くなるし、カイル達には光るのでわかるだろう。

　気分はもう名探偵だ。

「アリシアちゃん、少し席を外しますね。お父様にも今回の件をお話ししなくてはならないし。アリシアちゃんはもう少し休んでいるのよ？　先生の許可が出るまではここで大人しくしていて頂戴ね？」

　ママさんは私をベットに寝かせると、ふわりと頭を撫でてから頬にキスを落とした。

「はい……お母様」

　一応しおらしく答えたが、ママさんが退出した後、私は早速体を起こして、まだそこにいるはずのカイルに話しかけた。

「カイル？」

「ああ、ここにいるよ。休まないのかい？　全く、君はお転婆だね」

「だって、早く犯人を捜したいの」

　私がはっきりと言うと、カイルはベッドの側の椅子に腰かけたみたいだ。

「アリシア、わかったよ。ちゃんと協力するから、さっき公爵夫人が言っていたことだけは守るんだよ」

「はい！」

「では、改めて僕も今日のことを聞いてもいいかい？　怖いことを思い出させるのは酷だけど、やはり早いほうが犯人を見つけるのには有効なんだ。どうだろうか？」

アリシアは真剣なカイルの声に頷いた。

「かまわないわ。私が覚えていることはなんでも話す。カイルはなにが聞きたい？」

「まずは初めから話してくれないか？　僕が席を外してから、君はどうしていた？」

「ミハイルさんに持ってきてもらったお菓子を食べていたわ。そしたら、喉が渇いてしまって、でも、いただいた中に飲み物がなかったの。それで、ケイトに用意してもらうことにしたの。ケイトが退出してすぐにドアが開閉する音がしたわ。だから、私はケイトが戻ってきたと思って話しかけたのだけど、返事がなくて……。おかしいなって、誰なのか聞いてみたの。それでも、やっぱり返事はなくて、でも気配はするのよ……」

私は自分の中で蘇《よみがえ》る恐怖に負けないように、手をギュッと握りしめる。

そうしたら、カイルの温かい手がふわりと上から励ますように被せられた。

下を向いてしまいそうな顔をしっかりと上げて、私は話を続ける。

「そうしたら、突然腕を掴まれてソファから引きずり下ろされたの。私は悲鳴をあげて両手を掲げてガードした。その時、魔法を使ったわ」

「魔法？」

「ええ！　犯人の手首を掴んで、精一杯スタンプを押したの」

「なるほど、それが手掛かりなんだね？」

「ええ、そうよ。その後は手を振り払われて、髪の毛を掴まれて……あまりの怖さと痛さに助けてと叫んだら、突然バチンッて音がして犯人は逃げていったわ」

私はふぅと息を吐いて、話し終えた。そんな私を見て、カイルは気遣わしげに尋ねる。

「大丈夫かい？」

「大丈夫よ。それでその後、すぐにケイトが来てくれたの。ケイトの声を聞いたら安心して、気が遠くなってしまったみたいだわ」

「そうだったのか。他になにか気付いたことはない？」

「あとは……犯人の声を聞いたわ。小さくほんの一言だったから、誰かはわからなかったんだけど……女性のような気がする」

「女性……か」

カイルは私の手を優しく撫でると「ありがとう」と言って、この話は終わりとなった。

本当に気持ちは落ち着いていたし、闘志も湧いた。

たぶん、こんなに心が凪《な》いでいるのは、ママさんがこっそり魔法をかけてくれたおかげだと今は思う。昔からママさんに背中を撫でられるだけで、もう大丈夫と思えるのだ。

自分が冷静だと自信が持てたので、これからするべきことを考える。

まずは、犯人をどうしたら見つけられるのか。

私は、前世で見たことがある刑事ドラマを思い出していた。

確か聞き込みといって、色々な方に話を聞いたりするのよね。

「ねぇ、カイル。皆さんはどちらにいるの？」

「皆さん？　ああ、エリック達かい？　彼らは模擬店付近で不審者情報を確認しているはずだよ。

あそこが一番人が集まるからね」

「私もこれからそこに行けるかしら？」

「そんな、まだ危ない！」

「ここで泣き寝入りしたら、犯人が喜ぶに違いないわ。犯人を捜すためにも聞き込みしないと！」

「それならエリックがやってくれているよ。報告してもらうかい？」

「そうね……。それは嬉しいのだけど、やっぱり私が行って、直接話したほうがいいと思うの」

「何故だい？」

あまりに引き下がらない私に、カイルは不思議そうに問いかけた。

「だって、スタンプは私が触らないとわからないんだもの。話を聞いている時に何気なく手首に触れられないかしら？」

「うーん。かなり不自然になるんじゃないかな？」

「そうよね……。どうしたら自然に手首に触れることができるのかしら？」

私は早速の難題に頭を抱えた。限られた時間で犯人を見つけたいのに、学園内にはあまりにも沢山の人が集まっている。

それに、理由もないのに体に触れるなんてどう考えたっておかしい。

「不特定多数の人間に、不自然なく触れるか……難しいな」

「なるべく多くの方と握手できればいいんだけど……」

「握手ね……。ちょっとエリック達にも相談してみよう。誰かいい方法を思いつくかもしれない」

「そうね。それに犯人捜しではないけれど、私が模擬店を楽しんでいる姿を犯人に見せてやりたい。襲われた私が、元気にしてることが一番悔しいと思うの」

私が声をあげると、カイルは少し呆れたように、私の頭を優しくポンポンと叩いた。

「そうだね、それがアリシアだ。じゃあ、皆と話した後に、そのまま模擬店を見て回りたいと伝えるよ」

「ありがとう、カイル」

そうして、私達は医務室の先生に許可を取ってから学校公開に戻ることに決めた。

しばらくすると、早速エリックさんが医務室にやってきた。

「アリシア嬢、大丈夫ですか？」

心配げな様子で尋ねるエリックさんに、私は笑みを浮かべて頷く。

「ええ、大きな怪我はないんです。腕と髪を掴まれたくらいですわ。ご心配ありがとうございます」

それからカイルは、私が犯人を自分で捜すこと、これから模擬店を見て回ることをエリックさんに話した。

彼は「犯人捜し！」と驚いた後、感嘆の声をあげた。

「凄《すご》いですね、アリシア嬢。なかなかご令嬢が思いつくことじゃありません」

そんなエリックさんにカイルが「お転婆なんだ」と呟いたが、聞こえないフリをして、エリックさんに聞き込みを開始した。

「エリック様、あの、調査のほうはいかがですか？」

「芳《かんば》しくありません。不審者の目撃情報が皆無なんです。まぁ、今日みたいに学生以外にも関係者でごった返している状況だと、不審者の定義もなにもわからないという感じです」

「そうですか……」

「でも、本当にアリシア嬢は模擬店に行っても大丈夫なんですか？」

「ええ、こんなところで泣いていただなんて、犯人に思われたくありませんの」

その言葉を聞いたエリックさんは、どこか同情めいた声色でカイルの名を呼んだ。

「失礼します」

ドアがノックされる音とともに、誰かが医務室に入ってきた。

「アラミックかい？」

「ええ。アリシア嬢が襲われたと聞いてお見舞いに来ましたよ」

「まぁ、わざわざありがとうございます」

「ありがとう、アラミック。実は少しアラミックの知識を借りたいんだ」

「なんのですか？」

「アリシアが自分で犯人を見つけると意気込んでいるんだよ。アリシアが襲われた時に、犯人の手首に印をつけてね。そこにアリシアが触れれば熱を発したり光ったりしてわかるんだ。ただ、そこにいる全ての人間の手首を触るわけにもいかないだろう？　なにかいい案はないか？」

カイルがアミラックさんに問うと、彼は思案げに呟いた。

「手首に印ですか……。大変興味深いですね。少し考えてみます」

「ありがとう。アラミック」

「よろしくお願いします。アラミック様」

私達が学校の様子や不審者について情報を共有していると、医務室の先生がやってきた。

「うん、大丈夫ですね。特に怪我もないですし、もう帰ってもいいですよ」

先生から許可を貰った私は、早速カイルに手を差し出した。

カイルも当然のようにその手を掴み、立ち上がらせる。

「じゃあ、行こうか」

「ええ！」


〜・〜◆アリシアの犯人捜し◆〜・〜


模擬店近くにはミハイルさんが待っていてくれた。

「カイル殿下！　アリシア様！」

「ミハイル！　どんな感じだい？」

「先程イベントの告知と場所を発表しましたので、観客が移動を始めたところです」

「ミハイル、ありがとう。アリシア、ちょっとここで待とう。少し離れたところでイベントがあって、今皆が移動しているんだ。アリシアは、犯人に楽しんでいるところを見せたいんだろう？」

「ええ」

私がこくりと頷くと、カイルは朗《ほが》らかに言う。

「それなら、今、模擬店を回らないか？　皆が移動するから、その時にキミが元気な様子を沢山の人が見るだろうし、噂にもなると思うよ」

「いい考えだわ！　カイル、案内してくれるかしら？」

「ああ、喜んで」

「ありがとう！　皆さんもこちらにいるのかしら？」

「ああ、エリックとミハイルはここにいるし、アラミックとエミリアは模擬店を手伝ってるはずだよ。カーライルは、君の母上をエスコートしているけどね」

カイルは、私の手をギュッと握りしめて歩き出した。

「カイル様〜！　アリシア様〜！」

カイルと歩き出した時、エミリアさんの明るい声が聞こえてきた。

今日も元気そうな彼女に、私も自然と笑顔になる。

「エミリア、調子はどうだい？　君は模擬店の手伝いで忙しそうだね」

「大丈夫です！　それに今は、アラミック様からイベントの父母の誘導について聞いて、少しお手伝いしていました！　それより、アリシア様は大丈夫ですか？　災難でしたね……。こんなにお綺麗なアリシア様を襲うだなんて、私は犯人が許せません!!」

自分のために怒ってくれるエミリアさんに、私は感動してしまった。

まだ、会ってからそんな経っていないのに、こんなに心配してくれるなんて、なんて優しい方なのかしら！

私は精一杯の笑顔をエミリアさんに向けた。

「ありがとう、エミリアさん」

「あら？　アリシア様、やっぱり具合でも悪いんですか？　顔色がよくないですよ」

「そうかしら……」

「無理はしないでくださいね」

エミリアさんが本気で心配してくれているのを感じ、彼女の優しさが身に染みる。

すると、カイルがエミリアさんと話し始めた。

「あぁ、そういえばエミリアには聞いてなかったな。三時間くらい前に応接室方面で不審者を見なかったかい？」

「不審者ですか？　うーん、確かにお店の用事で少しそちらのほうにも行きましたし、イベントのことでカイル殿下を探したりはしたんですけど、怪しい人は見ていません」

「そうか、ありがとう。私を探していたのか？」

「あぁ、もう大丈夫です。アラミック様に聞いたので。じゃあ、もう少し父母の方の移動を誘導してきますね」

「ああ、ありがとう」

「アリシア様も是非、私のクラスの模擬店に来てくださいね？　楽しいですよ」

その後、タッタッと軽い足音を響かせながらエミリアさんが離れていった。

「エミリアさんの模擬店？」

彼女が去り際に残していった言葉を反芻《はんすう》する私に、カイルが軽い調子で答えてくれる。

「エミリアのクラスの模擬店は大盛況なんだよ。たしか、弓矢だったはずだ。後で行ってみよう」

「ええ！」

私はとりあえず、犯人に見せつけるため、そしてせっかく訪れた学校公開を楽しむために、模擬店に足を運んだ。

前世で近所のお祭りの出店を見て回ったことはあるものの、今世ではそういったものに全く馴染みはなく、とても興味がある。

いくつかお店を回っているうちに、犯人のことはすっかり頭から抜け落ち、本気で模擬店を楽しみ始めていた。

「カイル！　次はなにがありますの？」

私はカイルに連れられながら、興奮気味に尋ねる。

ほとんどの店は、前世の記憶通りの出店に近いもののようだった。

売られているものの中に、流石《さすが》にたこ焼きや焼きそばはないが、クッキーやコーヒー、綿飴にホットドッグと、なんとなく知っている食べ物も多い。

そして、念願の揚げバナナもとい熱々のフライドポテトも食べることができた。

私は心を浮き立たせて、次々と模擬店に立ち寄っていく。

「次かい？　そうだなぁ、弓矢があるよ。さっき言っていたエミリアのクラスだ。手伝うからやってみる？」

私は前世で見た弓矢を思い出していた。

模擬店で扱うものなら、危険はないだろうし……。うん、できそう！

「まぁ、弓矢？　面白そうね！　カイルは得意なの？」

「それなりかな？　弓矢はエリックやアラミックのほうが得意かもなぁ」

カイルがそう言うと、護衛のため後ろを歩いていたエリックさんの声が響く。

「おいおい、カイル、あんまり盛るなよ。お前のほうが上手いだろ？」

「よし！　それじゃあ、勝負といこうか？」

「ああ、望むところだ！」

なんだか男の子って感じの会話の後、二人が走っていく気配がした。

「すぐに戻るから、アリシアはここで待っていてくれ」

カイルの声が少し遠くから聞こえたので、私はしょうがないなぁとその場に立って待つことにする。

目が見えない私は、カイルがいないと動けないのだ。

すると、近くからアラミックさんに声をかけられた。

「全くしょうがないですね。アリシア嬢、安全なところまで私がエスコートしましょう」

「アラミック様、ありがとうございます」

アラミックさんの呆れた声に苦笑気味に頷くと、私は、彼に手を取られて歩き出した。

そういえば家族とカイル以外からのエスコートは初めてね。少し緊張しちゃうわ。

私が右足と右手を同時に出していたのに気付いたのか、アラミックさんは笑いを含んだ口調で話しかけてきた。

「アリシア嬢、失礼を承知でお尋ねしますが、カイルとは政略結婚なんですか？」

「表向きはそう言われておりますわ。でも、カイルとは幼馴染でもありますの」

「ああ、だからなんですね。普通政略結婚の場合は、もう少し……なんというか……ドライな関係が多いのに、カイルとアリシア嬢を見ていると恋愛結婚なのではと思うほど仲睦《なかむつ》まじいのでね」

アラミックさんに仲睦《なかむつ》まじいと言われて、顔が熱くなった。

自分の手をパタパタ揺らして、熱くなった頬を冷まそうとする。

確かに仲はいいし……は、初恋だけど、周りからもそう見えると聞くと恥ずかしい。

「なんとも……可愛らしい方ですね、アリシア嬢は。ハハハ」

「からかわないでくださいませ。アラミック様。そ、それより先程のお話ですが、不特定多数の方と握手をする方法について、なにかいい案はありますか？」

私は慌てて話題を変えて、なんとかこの場を誤魔化そうとした。

するとアラミックさんは、真っ赤になっているだろう私をそれ以上茶化すことなく、快く話題変更に付き合ってくれる。

カイルは本当にいいお友達を持っているのね。

そういえば、自分には友達と呼べるほど仲のいい人はカイルくらいしかいないわ。

私が少し黙っているとアラミックさんが立ち止まった。

「ああ、そうだ！　私の国にあるチャリティ活動はどうでしょうか？」

「チャリティですか？」

「はい、学校公開に訪れている方に寄付を募るのです。寄付した方一人一人にお礼を言って、握手するのなら自然な流れとなるはずです」

私は、なるほどと大きく頷いた。

確かにこの方法ならば不特定多数の人と握手できそうだ。

犯人だって、私の様子を確認するために寄付する可能性も高い。

どうせなら、誰かのためになるようなチャリティにしたい。

私は、多くの人から寄付を得られる内容を頭に浮かべた。

ここは学校なのよ！

家庭の事情で学校に通えない子供達のための募金ならどうかしら？

この学校は平民にも門戸が開かれているけれど、学費や寮費が高くて中々通うことはできないと聞いたわ。

私は、自分の目が見えないことで、学校への入学を許されなかった悔しさを思い出した。

世の中には、同じ気持ちを経済的に味わっている人もいるはずだ。

このチャリティならば、犯人捜しをしつつも、そのような子供達を助けられる。もし犯人が見つからなくても、人のためになるなら全然いい。

よし、提案してみよう！

私はアラミックさんに向かって、にっこりと微笑んだ。

「本当にありがとうございます。チャリティとは素晴らしい案ですわ。あの、私、考えたのですけど――」

私がアラミックさんに募金の内容を話そうとした瞬間、パンッと軽い破裂音が辺りに響いた。私は驚いて耳を押さえる。

「きゃ⁉」

「ああ、大丈夫ですよ。あれが弓矢の音です。初めてですか？」

「……あれが……弓矢？」

何回かバンバンと音がした後に、カイルとエリックが賑やかに戻ってきた。

「やっぱりカイルに負けた‼」

「でも、いい勝負だったな！　アラミックはやらないのか？」

「全く、アリシア嬢をほったらかしてなにしているんですか？」

興奮冷めやらぬカイルに釘を刺すと、アラミックさんは自分のクラスの模擬店に戻っていった。

カイルは息を整えると私の手を取ってキスを落とす。

「ああ、一人にしてしまったね。ごめんよ。アリシア」

「大丈夫よ。アラミック様がいてくれたわ。それより今の音が弓矢なの？　本当に私にもできるかしら？」

私は、あんな音がする弓矢を、前世をいくら思い返しても知らない。

「お転婆のアリシアなら大丈夫だよ」

カイルの言葉に私は頬を膨らませつつも、先程買ってもらった綿飴をパクリと食べた。

「そういえば、アリシアは歩きながらものを食べることに違和感はないんだね」

「お行儀が悪すぎるかしら？」

「いや、こういう場では周りに合わせることが重要だからそれが正しいのだけど、君は周りが見えないのにって思ってね。公爵家ではそんなことを教えないだろう？」

不思議そうなカイルの声を聞いて、私はまた前世の記憶に引っ張られて、令嬢らしくない行動をしているのかもしれないと考えた。

前世と今世の違いに気付かないままました行動が、今回のように周りからは目が見えないのに……とおかしく映るのかもしれない。

……カイルには、やっぱり本当のことを話したほうがいいのかな。

「うーん。そうかしら？　カイルは私のことを変だと思う？」

「変というか不思議に思うことはあるよ。たまに、本当は見えるんじゃないかと感じる振舞いをするしね」

「そっか……あのね、少し秘密はあるの」

「秘密？」

そう尋ねるカイルは、きっと今、きょとんと首を傾げているだろう。そんな彼を前に、私はにっこりと笑みを向ける。

「うん。カイルには今度教えてあげるわ！」

「？　あぁ、楽しみにしてるよ」

そう言ってカイルは、少し困惑した様子で納得してくれた。

それから私達は、例の弓矢ができる模擬店まで移動した。カイルが私の手を持ったまま立ち止まり、声をあげる。

「着いたよ」

「弓矢？」

「ああ、的に当たれば景品が貰えるんだよ」

「まぁ、そうなの？　頑張るわ！」

「あ！　アリシア様！　いらっしゃいませ！」

その時、エミリアさんの元気な声が聞こえてきた。

「エミリアさん、お言葉に甘えて来てしまったわ！」

「どうぞ、どうぞ、楽しんでください。はい、カイル様、弓矢です」

カイルはエミリアさんから弓矢を受け取ったらしく、私の手を取ってなにかを握らせる。

「はい。弓矢だよ」

「――え？　ええええええ？　えええええええええ!?」

カイルが弓矢と言って渡してきたのは、どう考えても射的用の銃だった。

やはりあの音は、私の知っている弓矢から放たれたものではなかったのだ。

「えっとカイル？　これが弓矢？　銃ではなくて？　弓矢？」

「ジュウ？　また、不思議な言葉だね？　これは弓矢だよ？　知らなかった？」

「そう……これが弓矢なのね」

この世界の色んなものの名称が、ときどき前世と微妙に違うのがどうにも慣れない。私はカイルに聞こえないよう、こっそりため息を吐いた。

「どうしたの？　難しそうかい？」

「う、うん。カイル、教えてくれる？　えっと弓矢のこと」

「もちろんだよ」

カイルはそう言うと私の後ろに立ち、背後から被さるように私の両手を包み、冷たい銃を持たせた。

「弓矢といっても、おもちゃだから心配しなくていいよ。出るのは木の弾だからね」

私は、そこは矢じゃなくてタマって言うんだな、とどうでもいいことを考えながら、カイルに言われるままに腕を上げて引き金に指を添えた。

「うん。いいね。そのまま撃つよ」

「う、うん」

パーンという音と共に、私は体に結構な衝撃を受ける。後ろに立つカイルに寄りかかるように、上半身をそらしながら結果を聞いた。

「どう？　当たった？」

「ああ、当たったよ。景品はなにが欲しい？　真ん中に当たったから、どれでも好きな景品が貰えるよ」

「本当？　やった！　なにがあるのか教えてくれる？」

「もちろん。あちらに景品が置いてあるから行ってみよう」

私がそう言われて銃から手を離すと、カイルはそれをエミリアさんに渡そうとしたようだ。

「…………」

「エミリア？」

エミリアさんからの返事がなかったので、カイルが少し心配した口調で呼びかけると、やっとエミリアさんが銃を受け取ったみたいだ。

「ア、ア、ア、アリシア様、初めて……なのに凄《すご》いですよ……」

「ありがとう」

エミリアさんがそう褒めてくれたので、私は嬉しくなって、声を弾ませてお礼を言う。

なんだか様子がおかしいが、カイルが私の手を取って歩き出したので、気になりつつもその場を離れた。

「ねぇ、カイル。エミリアさんの様子が変じゃなかった？」

「エミリアかい？」

「ええ、なんだかちょっと困惑してる感じがしたの」

「そうかなぁ。僕はいつものエミリアだと思ったよ」

「そう……。私の気のせいね。そういえば、弓矢は魔道具ではないの？」

「弓矢かい？　そういえば、魔力は使わないな。確かこれは随分前に発明されたものだと聞いたことがあるよ。興味があるなら、今度調べておくよ」

「ええ、お願い」

そうして私達は景品の置かれているところまで、歩いて行ったのだった。


「これでいいのかい？」

「ええ、とっても肌触りがいいの。ほら、カイルも触ってみて！」

私は、たった今景品として受け取ったぬいぐるみを、ずいっとカイルに差し出した。

カイル曰く、大きな熊のぬいぐるみらしいけど、私は熊が犬でももう驚かない！　と決めている。

カイルは「いいね」と、ポンポンとぬいぐるみを叩くと、ついでにと私のことも抱きしめた。

カイルはよくスキンシップをしてくれるけど、きっと私が見えなくても分かるように、親愛の情を示してくれているのだろう。その気持ちがとても嬉しい。

私は頬が赤くなるのを感じながら、にっこり笑った。

すると、カイルがパッと私の体を離して話しかける。

「アリシア、さっきはアラミックとなにを話していたんだい？」

「え？」

「さっき僕とエリックが弓矢をしていた時だよ。君は楽しそうにアラミックと話していたね。自分から離れておいてなんだけど、思わずアラミックに向かって弓矢を撃つところだった」

カイルが不満げな声でそう言うのがおかしくて、私はくすくす笑う。

「嫌だわ。アラミック様には犯人捜しの案を教えていただいていたのよ」

「そうなのかい？　でも、やっぱり君が他の男といるのは耐えられないなぁ」

カイルがまだブーブー文句を続けるので、思わず噴き出してしまう。

「ぷっ、もう！　相変わらずカイルは心配性ね」

「これはかりはしょうがないよ。案って、アラミックはなんと言ってたんだい？」

「アラミック様の故郷ではチャリティが盛んなんですって。だから、ここでもしてみたらどうかと言われたわ」

「チャリティかい？」

「ええ、経済的に恵まれない子供達のために寄付を募るの。この学校に通いたくても通えない優秀な子供達がいると思うのよ。それならば、お礼の気持ちを込めて握手して、その時に少し手首に触れても問題ないでしょう？」

「ああ、確かにね。それなら不自然にならないな。流石《さすが》アラミックだ。なるほど、いい考えかもしれない」

「でしょう？　私もいい考えだと思うの」

「でも、一旦、公爵夫人のところに戻ったほうがいいかな。公爵が犯人を捜す件について、なんと言っているのかも気になるんだ」

カイルが心配そうに言ってきた。

「お父様？　そうね……私も少し心配だわ」

「じゃあ、行こうか」

「うん」

そうして、私達はまた応接室に戻った。

ママさんには自分で犯人を捜したいとは言ったものの、パパさんならそんな危険なことはだめだと、軟禁というか外出禁止となる可能性もある。

パパさん……心配性だからなぁ……

できればパパさんには、王都に戻ってからも犯人捜しを手伝ってもらいたいのだ。

お願いしたら協力してくれるかな？

やっぱり止められるかしら？

私はつらつらとそんなことを考えながら、ソファに座って、カイルと二人でママさんを待っていた。

「アリシアちゃん？」

ドアがノックされて、室内にママさんの声が響いた。

「お母様？」

「まぁまぁ。アリシアちゃんもう起きて大丈夫なの？　医務室の先生がもう出て行ったたって仰ってたから、驚いたわ。怪我は本当にないの？」

ママさんは入ってくるなり、ペタペタと私を触る。

「お母様、大丈夫ですわ。それにお母様のおかげでもう落ち着いていますし、先程は模擬店にも行ったんですのよ」

「まぁ、早速探偵さんになったのね？　模擬店、お母様も一緒に行きたかったわぁ」

呑気にそう言って、ママさんは私をしっかりと抱きしめた。

「落ち着いたようで本当によかったわ。それでこそわたくしの娘ね」

「お父様はなにか仰ってましたか？」

「お父様は……そうね。色々言ってはいたわ」

で、ですよね……

予想はしていたけど、パパさんの反応を聞くのは少し気が引ける。私は苦笑いを浮かべながら、恐る恐るママさんに尋ねてみた。

「色々ですか？」

「ええ、アリシアちゃんが犯人捜しすると伝えたら、心配だ！　って凄《すご》い剣幕だったの。だから、通信は切ってしまったわ」

ほほほっと軽やかに笑うママさんに、私は顔を引きつらせた。

「お、お母様……」

「大丈夫ですよ。お父様は、今頃大急ぎでお仕事を終わらせてると思うわ。すぐにこちらに駆けつけるはずよ」

ママさんの自信たっぷりの言い方に、カイルだけではなく私も呆然としてしまった。

パパさん……完璧に行動パターンを把握《はあく》されています。でも、パパさんが来てくれるなら、相談はその時に直接できるわね。

「それよりも、アリシアちゃん達は犯人捜しの目処《めど》は立って？」

「今、話していたんですが、チャリティとして寄付を募ろうと思いますの。もし犯人がチャリティに参加したら、スタンプを押したから触れればわかるのよ」

「スタンプ？　アリシアちゃん？　それはどういう意味かしら？」

その時になって私は、幼い頃の魔法練習をまだ秘密にしていたことを思い出した。

「あの……お母様……」

「わたくしの娘はなにか秘密があるみたいね」

ママさんの凄《すご》みのある声に、顔が強張《こわば》る。

「あの！　公爵夫人！　アリシアと私は、子供の頃に魔法の練習をしていたことがあるんです。秘密にしていて、申し訳ありませんでした」

「え？　アリシアちゃんはその頃から魔法について知っていたの？」

勢いよく謝るカイルに、ママさんが驚いて聞き返す。

「……はい。お父様とお母様が、私を思って魔法の存在を秘密にしていることも知っていました」

「まぁ……」

私の告白に、ママさんは息を呑んだ。罪悪感が胸に広がるが、私はぽつりぽつりと続ける。

「だから、私がカイルにお願いして、お父様とお母様に内緒で魔法を教えてもらっていたんです。いつか話していただけると思ったんですが、時間ばかりが過ぎてしまって……。でも、もう私我慢できなくて、だから昨日カイルが、お父様に魔法について話す許可を取ってくれたんです」

「そういうわけだったのね。ごめんなさい。確かにわたくし達は、アリシアちゃんのために魔法については話さないことにしていたの。貴女が魔法を使うには、高等教育以上の知識が必要と言われていたわ。でも、学校への入学は断られてしまって、話す機会を失って……」

ママさんの落ち込んだ声に、ずくりと胸が痛む。

「そうなんですね……。確かに、少しの間魔法を練習したのですが、できるようになったのは触った場所にスタンプを押すことだけでした」

私は落ち込み、深いため息を吐く。その一方で、ママさんは声を弾ませた。

「でも、魔法なのでしょう？　凄《すご》いわ！　ねぇ、アリシアちゃん、お母様にそのスタンプを見せてくれるかしら？」

「はい、わかりましたわ」

ママさんは私の手を取って自分の腕に乗せた。

「さぁ、見せて頂戴」

犯人とカイル以外の前で魔法スタンプを押すのは初めての経験だ。緊張する。

「では、お母様。いきますわよ！」

私はママさんの柔らかい肌に自分の魔力を精一杯送り込んだ。

「まぁ……綺麗だわ」

私には見えないが、上手く押せたようだ。ママさんの驚きと感嘆が混じった声が聞こえる。

多分、カイルの言っていた白く光る現象が起こっているらしい。

「そうなんです。アリシアのスタンプはとても美しいんです。アリシア、一旦手を離してくれるかい？」

「ええ」

「あら？　なくなってしまったわ」

「アリシアのスタンプは、彼女が触っていない時はなにもないように見えるのです。ですが、アリシアが触ると……このように光ります」

カイルが私の手を取って、再びママさんの腕に乗せた。

「本当ね。不思議だわ。確かスタンプという魔法はあったはずだけれど、あれは誰が見てもよくわかるスタンプだったはず。わたくしが見たものも大きくて、はっきりとした形と色をしていて、一目瞭然《いちもくりょうぜん》だったもの。それなのに、アリシアちゃんのスタンプは見えないのね？」

「そうみたいです。私には見えないのでよくわかりませんが、カイルが光っていると言う時は、スタンプの場所が温かく感じます」

カイルとママさんが、私のスタンプについて話す。それから、ママさんが確認するように聞いてきた。

「これを犯人に？」

「はい！　私の全力の魔力でスタンプを押しました」

「そうなのね……」

胸を張る私を前に、ママさんは煮え切らない返事をする。その様子が気になったのか、カイルが不思議そうに尋ねる。

「どうされましたか？　公爵夫人」

「アリシアちゃんのスタンプだけれど、触らないと見えないのは、多分魔力が足りなくて不安定になっているからだと思うの」

「不安定？」

私が首を傾げると、ママさんが続ける。

「ええ。スタンプを押す時の魔力がかなり少ないから、この見えないスタンプになっていると思うわ。だから、もしかするとすぐに消えてしまうかもしれないわね」

「でも、お母様、カイルの腕に押した時はしばらく消えませんでしたわ！」

私は唯一の証拠が証拠ではなくなる可能性があると聞いて、焦って答えた。

――え？　消えちゃうの？

「それは……そうね。もしかして、カイル殿下はアリシアちゃんのスタンプを残したかったのではないかしら？」

「はい……その通りです」

ママさんの問いに、カイルはゆっくり答える。

「だとしたら、無意識にアリシアちゃんのスタンプに、足りない魔力を送り続けていたのかもしれないわ。だから、消えなかったのではないかしら？　ほら！　見て頂戴！　わたくしの腕のスタンプは段々薄くなっていくもの」

「え？　本当ですか？　カイル？」

「ああ、見せてください。………本当だ。アリシア触ってごらん」

私がママさんの腕を触ると、明らかに熱い部分が小さくなっていた。

「ええ‼　それじゃあ、証拠が……」

「落ち着いて。わたくしが今、スタンプから少し魔力を奪うようにしていたからよ。でも、多分普通にしていても、このスタンプは早ければ夜、遅くとも明日中には消えてしまうかもしれないわ」

ママさんの冷静な分析に、私は肩を落とした。

かなりの長い間残ると思っていたのに、それはカイルだったからだなんて……

「アリシア、犯人捜しは少し急いだほうがいいかもしれないな。模擬店のところに戻って、チャリティについて皆に話してみよう」

「わかったわ」

私はカイルの提案に、力強く頷いたのだった。

先程よりも人が増えている模擬店街を、私はカイルに手を引かれて歩いていた。

カイルが言うには、イベントが終わり、人が戻ってきたらしい。

確かに、歩くたびに人の気配をすぐ近くに感じる。応接室に避難するのも頷ける混み方だ。

私はカイルの仲間達に向かって、犯人捜しと寄付について説明した。

「チャリティ？」

エリックさんが不思議そうに聞いてきた。

「ええ！　そうなんですの。私、寄付を募ろうと思うのです。アラミック様の国ではよくあるそうなんですが、ここに来ている方の大半は貴族か裕福な家の方でしょう？　それなら、勉強したくても進学できない子供達をサポートする寄付なら、協力していただけると思うのです。その時に、握手するのなら自然だわ。人のためになるんですもの。一石二鳥だと思いませんか？」

私の提案にカイルの仲間達から声があがる。

「いいと思います。協力させていただきますよ」

「ありがとうございます。ミハイル様」

快く受け入れてくれる皆に、自然と笑みが浮かぶ。

カイルとエリックさんが、警備や開催場所等について話していると、エミリアさんが話しかけてきた。

「アリシア様はお優しいのね！　恵まれない子供に愛の手を、ですか。憧れるわぁ」

大げさなくらいに褒められて、恥ずかしさに頬が熱くなる。

……ちょっと、偽善っぽいかな？

「えっと、エミリアさんも賛同していただけますか？」

「勿論です！　アリシア様は本当に素晴らしいです。しかも、お目がお見えにならないのに、犯人を捜すだなんて！　尊敬します」

エミリアさんは感激した風に言った後、少し声を潜めて尋ねる。

「そのスタンプはどこに押したのですか？」

「多分、手首です」

「手首……ですね？　でも、カイル様も酷いですよね！　どう考えても、今回の件はカイル様の警備の不備ですよ。アリシア様は優しすぎます！　もっとカイル様に文句を言うべきです！」

「そ……うかしら……」

「そうですよ!!」

私はエミリアさんの剣幕に少し驚きながらも、仲のいい仲間だからこそ、厳しい指摘ができるのかもしれないと心が沈んだ。

少し俯《うつむ》いていると、カイルが嬉しそうに小走りで近寄ってきた。

「アリシア！　学校の門の近くに、チャリティのブースを設けられそうだよ！　こういったイベントはなかったから、企画としてもいい考えだって」

「本当？　嬉しいわ！」

私はカイルの手を掴んで、ぴょんぴょんと飛び跳ねる。そんな私を前に、カイルは声を真剣なも

のに改めて言う。

「それにこの案は、学校公開の根幹を変えるかもしれない」

「え？」

「今までの学校公開は、学生達とその家族が単純に楽しむものだったんだ。それに社会貢献という役割をつけるなんて革新的だよ。アイデアをくれたアラミックにも感謝だな」

「そうね！」

私はカイルの言葉に何度も頷いて、満面の笑みを彼に向けたのだった。


程なくして、私は皆が用意してくれたブースで寄付を募っていた。

寄付してくれた人に全力の笑顔とともに握手をしていたら、いつの間にかブースの前は長蛇《ちょうだ》の列になっているらしい。

気分はアイドルだわ！

「温かいご支援、ありがとうございます！」

私は、もう何人目かも分からなくなった人の手を取って握手した。

その時に、何気なく手首もギュッと握っているが熱くなる様子はない。

結局、学校公開の終了時間までブースに立ち続け、寄付を募りながら犯人捜しをしていたのだが、残念ながらそれらしい人を見つけることはできないでいた。

「お疲れ様。大丈夫かい？」

やっと一息吐いた私に、カイルが冷たい飲み物を持たせてくれた。

犯人につながる情報はなにもなかったが、かなりの額の寄付金が集まったらしい。

「疲れたわ。こんなに人と握手したのは初めて」

私が戯《ふざ》けて話すと、カイルはいつもよりもやや乱暴に手を取った。

あれ？　怒ってる？

すると、握手しすぎて少しの熱を持っていた手から、スッと火照《ほて》りが消えた。

「君はいつも無茶しすぎるんだよ。あんな人数と短時間で握手したら、君の柔らかい手じゃすぐに腫《は》れてしまうよ」

「ありがとう、カイル。気持ちいいわ」

ぶつぶつと不満げなカイルに、私は目を細めて感謝を伝える。

「全く！　僕が簡単な治癒魔法と消毒魔法をかけておいたからね」

「消毒？」

「当たり前だろう？」

「あ……はい」

なんとなく深く聞いてはいけない気がして、私は素直に頷いた。そんな私の反応に満足したのか、カイルは怒りを鎮めたようだ。

私はスッキリした手を撫でながらカイルに状況を確認する。

「それにしても犯人はいなかったわね？」

「ああ、君を襲うような卑劣《ひれつ》な犯人は、寄付なんてしないのかもしれないな」

カイルが残念そうに呟いた。

その時、アラミックさんの声とともに数人の足音が聞こえてきた。

「ああ、いたいた！　カイル！　アリシア嬢！」

「アラミック！　どうしたんだ？」

「どうしたはないですね。勿論寄付しに来たんですよ」

そう言って、アラミックさんが小銭を募金箱に入れる音がした。

「じゃあ、ご褒美にアリシア嬢に握手してもらおうかな？」

「はい！　ありがとうございます」

私は立ち上がり、アラミックさんに手を取られて握手した。

「ほら！　エリック、ミハイル、それにエミリアも寄付しようじゃないか！」

「ああ」

「そうですね」

「はい！」

三人もそれぞれ寄付してから、私の前に立った。

私はもう反射的に手を取って手首を触る。

「ご支援ありがとうございます」

「はぁ」

「はい！　大成功ですね！　アリシアお嬢様！」

エリックさんは気恥ずかしげに短く言う一方で、ミハイルさんはちぎれるかと思うくらい、勢いよく手をブンブン振る。

「エミリアさんも、ご支援ありがとうございます」

「はい！　アリシア様！」

そう言ってエミリアさんは私の手を掴んだ。私は慎重に握手しながらも、手首をスルリと撫でる。

「あれ？」

「どうしましたか？　アリシア様」

エミリアさんが手を離した後も、私は握手した体勢のまま固まっていた。

エミリアさんの手首が微かに熱かったのだ。

「スタンプ……？」

呆然として呟くと、エミリアさんが私にだけ聞こえるように低く囁《ささや》いた。

「……アリシア様。もうそろそろ、ストーリー通りに進めましょう？」

それだけ言うと、エミリアさんはアラミックさん達が話しているほうに行ってしまう。

一人残った私は、彼女の放った言葉に衝撃を受け、その場を動くことができずにいた。

今の言葉の意味はなに？

ストーリーって？

私は自分の手を握りしめ、エミリアさんの手の感覚を思い出す。

確かに熱かった気がするが、本当に微かな熱しか感じなかった。確実に私が押したスタンプだと言い切れるか、判断できないほどだ。

それでも、他の人とはなにか違うと直感し、戸惑いを覚える。

だが、すぐ近くにいたカイルはなにも言わない。

もし、エミリアさんの手首が光っていたら絶対にわかるはずなのに！

私はたまらずカイルに話しかけた。

「カイル……今、光らなかったかしら？」

「え？　エミリアかい？　いや、光らなかったよ。アリシアが触ると本当に光り輝くから、すぐにわかるよ。エミリアがなにか？」

「ううん。なんでもないわ……。気のせいみたい……」

見えないのだから確認しようがないが、カイルが光らなかったと言うならそうなのだろう。

私の……気のせい？

本当に微かな熱だったから、勘違いかもしれない。

それでもやはり釈然《しゃくぜん》としないまま、私はその日の寄付を終了した。

ヴィラに戻った後も、あの優しくてフレンドリーなエミリアさんに、スタンプの反応とはいえないまでも、痕跡のようなものがあったという事実に頭が一杯になっていた。

まさか……あの優しい……エミリアさんが？

信じられない！

でも、光らなかったんだし、気のせいよね……

そんな気持ちのまま、私は翌日も寄付を募り、握手を繰り返していた。

犯人捜しの期限である二日目の夕方、私は意を決してある場所を訪れていた。

どう考えても時間が足りなすぎる。

エミリアさんのスタンプの痕跡も疑わしいし、去り際にかけられた言葉も謎だが、彼女が犯人である確証はない。

実際に光ってもいないし、あのエミリアさんがまさか犯人とも思えない。

どうしても、自分でもう少し慎重に調べたい。

そう考えた私は、学内のあるドアの前に立っていた。見えないけれど、重厚な造りであろうドアを控えめにノックする。

「入りなさい」

すると、中からかなり年配の女性の声が聞こえて、それに従い私はドアを開けた。

私が訪れたのは、学校長室だった。

「失礼いたします」

私は背筋を伸ばして、しっかりと顔を上げて部屋に足を踏み入れた。

「貴女がホースタイン公爵家のアリシアさんですか？」

「はい！」

硬質な学校長の声に緊張し、きゅっと唇を引き結ぶ。

「わたくしになにか話があるとか？」

「はい、お話ししてもよろしいでしょうか？」

「どうぞ」

「……私をこの学校に入学させていただきたいのです！」

私は彼女のもとを訪れた目的を、意を決して告げた。しばらくの沈黙の後、学校長が静かに口を開く。

「貴女の入学に関しては、既に三年前に結論を出していますよ」

「わかっております。それでも、お願いにあがりました！」

「…………貴女は昨日何者かに襲われたと聞いています。そんな怖い思いをした場所に何故通いたいと思うのでしょう？　理由を聞いてもいいですか？」

「だからです！　私は私を襲った犯人を捜しています。残念ながら、この二日で見つけることはできませんでしたが、手掛かりはあるのです。もう少し、じっくりと捜したいのです」

「それだけですか？」

学校長の冷たい声に、私は気後れしながらも答える。

「魔法の勉強がしたいと思っています。友人も作りたいです。今回の学校公開で、私が王都にいては身につけられないことが多々あることがわかりました。三年前の面接では漠然と学校に行きたいと思っていましたが、今は本当に魔法や人との関わり方を学びたいと考えております」

「そうですか……」

学校長がそう返事をした次の瞬間、誰かが部屋のドアをノックした。

「失礼いたします」

「カイル？」

突然響いたカイルの声に、私は思わず入り口のほうを振り向く。

これは私の問題だから、一人で学校長と話すとカイルには伝えていた。しかし、やはり心配して来てくれたのだろう。

「アリシアの入学についてですが、私も推薦《すいせん》します」

「カイル王子？」

「何故なら私は、彼女がこの学校で学ぶにふさわしい人物だと思うからです。盲目ではありますが、彼女にはやる気も十分にあります。確かに、彼女が襲われたことに不安はありますし、その犯人捜しは個人的な理由以外の何物でもありません。しかし、彼女はその過程で子供たちのための寄付を募ったのです」

「あの寄付を……アリシアさんが？」

「はい！　彼女が企画し、実行しました。アイデア自体は他の者から得ましたが、あの寄付企画はここにいるアリシアの功績です」

理路整然かつ堂々と話すカイルは、私の知っている彼ではないみたいだ。学校でのカイルを垣間見た気持ちになる。

するとと今度は、学校長が考えるように答えた。

「……あの寄付企画については、多くの方からお褒めの言葉をいただいています」

「え⁉」

思わず驚きの声をあげると、学校長が息を深く吐いた。

「アリシアさん、貴女は自分で自分の行動に責任を持てますか？」

「はい！　勿論、侍女にサポートしてもらわなければなりませんが、学生の皆さんにはご迷惑をおかけいたしません」

「現時点で貴女を襲った犯人は捕まっていません。私達としても捜査は続けますし、警備自体も見直す予定ではありますが、危険がないとは言えませんよ」

「はい！　もう決して一人にはなりません。護衛もこちらできちんと手配いたします」

「そうですか……。あの寄付を企画した貴女を拒否することはできないでしょう」

ゴクンと私の喉が鳴る。

「残念ながら、制度上今から入学することはできません。ですが、聴講生としてなら受け入れることは可能です」

「聴講生？　ですか？」

「ええ、そうです。編入試験には合格する必要はありますが、我が校で学ぶことは可能です」

私が考えていると、学校長の言葉を補足するように、カイルが詳しく教えてくれる。

「アリシア。学校長の仰《おっしゃ》ったとおり、聴講生は編入試験はあるんだけど、好きな授業を受けられるんだ。それに、特に定期試験を受ける必要もないよ。そのかわり、卒業証書はもらえない。他国からの短期留学生に対応するためにある制度なんだけど、アリシアには丁度いいと思う」

確かに、私には既に三年のブランクがあるし、卒業単位を今から全て取得するのは難しいだろう。

カイルの言葉で私の心は決まった。

「そうなのね。……学校長、私、聴講生で構いません！　よろしくお願いします」

私が頭を下げてお願いすると、学校長の思いの外優しい声が響いた。

「わかりました。早速試験を手配しましょう。この試験の合格をもって聴講生になることを許可します。貴女のよりよい学校生活を期待しています」

そうして、私は試験に合格することを条件に、聴講生として学校に通うことが許可されたのだった。

学校長室を退出した後に、私は手を取ってエスコートしてくれているカイルに顔を向けた。

「カイル、ありがとう！　来てくれるとは思ってなかったから嬉しかったわ」

「アリシアからは一人で話すとは聞いていたけど、やはり学校長に直談判しに行くと言われると心配になったんだ」

私は立ち止まってカイルのほうに体を向けた。本当は自分で話をつけるつもりだったけれど、学校長の雰囲気に気圧《けお》されてしまった。あのまま一人だったら、上手く話せたかわからない。

私は感謝を込めて頭を下げる。

「本当にありがとう。カイルが来てくれなかったら、きっと私は認めてもらえなかったわ」

「そんなことはないよ。君がやった寄付企画は本当に反響が大きかったんだ。ただ、アリシアがその事実を知らないかもしれないと思ったから、それを伝えただけさ」

「それでも、ありがとう。カイル」

カイルは照れくさそうに「当然のことをしただけだよ」と言うと、話題を変えた。

「ところで、これからどうするんだい？」

「勿論試験に合格することが第一だけど、犯人捜しは続けるわ。あと魔法も勉強したいの。結局、公開授業は受けられなかったし。でも、聴講生になれば、どんな授業にも出られるのよね！」

なんといっても学校に通えるのだ。

それだけでも嬉しいわ！

「そうだよ。聴講生なら、学力関係なく好きなクラスに入れるから、僕と同じ授業を取れるし安心だ」

カイルはそう言うと、私の手をギュッと握った。

私はにっこり笑って、彼の手を握り返した。

「そうね。カイルと一緒ならきっと楽しいわ」

私は、早速ママさんの待つ部屋に戻って、聴講生として学校に残りたいと話した。

「そんな！　危ないわ！　まだ、犯人も捕まっていないのよ？」

案の定、ママさんは大反対だったが、すでに学校長からも許可を得ていること、どうしても魔法を学びたいことを一生懸命に伝える。カイルも一緒になって説得してくれた。

二人でお願いすると、ママさんは渋々だが納得してくれた。「しょうがないわね」と言いながら、学校長と話して編入試験を口頭試問に変更してもらってくるわ、と部屋を出ていく。

確かに、試験といえば筆記試験のはずだ。すっかり合格するつもりでいたが、筆記試験だと問題を読むことさえできない。

私はママさんに感謝して、その日を迎えた。

なんとか合格できた口頭試問を経て、トントン拍子に私の編入が正式に決まった。

……よし！　頑張るわ！

私は自分の手を握りしめて、やる気を漲《みなぎ》らせたのだった。

〜・〜♥エミリアという少女♥〜・〜

「エミリアは本当に優秀だね！」

エミリア・フレトケヒトは、地方の男爵家の三女として生を受けた。

フレトケヒト家は、爵位こそ低いものの、過度な贅沢《ぜいたく》をしなければそれなりに暮らしていける家だった。

そんな家で育ったエミリアは、ある日、ふと前世の記憶を思い出す。

前世の彼女は、日本で会社員として働いていた二十七歳の女性だった。

趣味は読書で、ネットや書籍であらゆる分野を読み漁《あさ》るいわゆる活字中毒。その中でも、特に主人公が異世界に転生する物語にはまっていた。

その物語は、中世ヨーロッパのような生活様式だが、高度な文明と魔法がある世界が舞台で、転生したヒロインが日本の知識を活かして成り上がるストーリーだ。

確か、その物語の主人公も同じ『エミリア』という名前だったはずと、前世の記憶が蘇《よみがえ》ったエミリアは嬉しく思っていた。

この世界は確かに、前世で好んで読んでいた物語によく似ている。

服装や建造物は中世風なのに、馬と称してオートバイが走っていたり、見た目は大きなカボチャの馬車が魔法で浮かんでいたり……

色々な文化や時代がごちゃ混ぜになった、不思議な世界である。

もしかしたら自分は、小説の世界に転生したのかもとエミリアは考えた。彼女は試しに、ストーリーの序盤でヒロインが行った、トランプを発明するエピソードを自ら再現してみることにした。

あくまでお試し程度の軽い気持ちでやってみたのだが、娯楽が少ないこの世界では超がつくほどのヒット商品となった。

この頃から、フレトケヒト男爵家は一気に富と名声を築き上げ、多くの人々が群がってきた。

エミリアの家族も、突然訪れた我が世の春に浮かれに浮かれ、浪費の限りを尽くようになる。そうして、あの仲のよかった慎《つつ》ましい家族のありようはすっかり変わってしまった。

エミリアは、その寂しさを埋めるように、その後も思い出せる限りの知識で実現できそうなものを少しずつ披露《ひろう》する。

それらをエミリア個人の発明品ではなく、フレトケヒト男爵家の事業として発表し、発展させてきたのだ。

この頃、エミリアはこの世界を生きるというよりも、前世の物語を追体験することに躍起《やっき》になっていた。

例の物語のヒロインである『エミリア』として、考え、話し、行動するのだ。

エミリアが物語に沿って披露《ひろう》したものは、トランプに通信、カメラにシャープペンと多岐に渡る。

基本的に魔法があるので、アイデアさえあれば実現はさほど難しくなかった。

結果として、エミリアの家はさらに裕福になり、彼女は高額な授業料で有名な、物語の舞台である学校に入学を果たす。

その時は、天にも昇る気持ちだった。

家族からは、家のために学校に行っても発明し続けるという約束はさせられたが、それでも十分に嬉しかった。

何故なら、物語のキャラクター達が学校に実在していたからだ。

その中でもエミリアの推しは、カイル王子だ。

カイル王子は、第五王子という王位から遠い存在だったため、身売りのようにホースタイン公爵家の我が儘な一人娘に婿《むこ》入りする悲劇の王子なのだ。

幼い頃から、自分は不要な王子だと思い込み、勉強にも力が入らず、婚約者である悪役令嬢にも頭が上がらず……と、常に鬱憤《うっぷん》を溜め込んでいた。

カイル王子は黒髪紅眼という王族特有の美貌と、豹《ひょう》のようなしなやかな肉体を持つ。いつもどこか昏《くら》く冷めた目を周囲に向ける、ダークヒーロー的なキャラクターだった。

前世のエミリアは、そんな彼のアウトローな雰囲気が大好きだった。

物語は、カイル王子が悪役令嬢と仲違いすることで動き出す。

ある日、学校で恨みをかって襲われた公爵令嬢。大した怪我はなかったものの、怒り狂った彼女は、関係者だけでなく罪のない学生まで次々と退学に追い込んでいく。

その所業を見たカイル王子が、初めて悪役令嬢に反発するのだ。

この出来事を契機に、彼は諦めていた自分の立場や人生を、もう一度見つめ直すようになる。

そして、政略と惰性《だせい》で結ばれた婚約を解消し、自らの可能性を信じて、王太子である兄へ王位をかけた勝負を挑んでいく。

物語の『エミリア』は、悪役令嬢に理不尽に退学させられそうになった時、カイル王子に助けられたのをきっかけに、彼に想いを寄せるようになる。

そして、その前世の知識を活かし、仲間と力を合わせてカイル王子を王位へと押し上げるというサクセスストーリーなのだ。

勿論、最後には王位を継いだカイル王子と結婚して、ハッピーエンドとなる。

ちなみに悪役令嬢は、その過程で没落して悲惨な最後を迎えたはずだ。

エミリアは、今までは物語通りに話が進んでいたこともあり、学校でもそのままストーリーが展開されると思っていた。

それなのに、学校に入ってからは全然上手くいかなくなってしまった。

なんと言っても、悪役である公爵令嬢が入学してこなかったのだ。

（あれ？　キャラが足りないなんて……）

更にカイルも、別に第五王子であることに不満を抱いている様子もなく、アウトローな雰囲気もない。逆に兄上のためにと優秀な人間を探して、王家を公爵家の立場でサポートするのだと宣言する始末だ。

エミリアは途方にくれた。

カイルの真意を測る目的で、物語の知識を機密情報として提供してみた。

実際にカイルに近づいてもみたが、結果は側近候補として気に入られ、将来兄を支える同志となってしまっただけだった。

（なんで？　なんで？　どうしてカイルは私を好きにならないの⁉）

これではダメだと思い、外堀から埋めてみようと、自分とカイルの噂話を王都に流してみたが、全然物語通りにはいかなかった。

そんな中でやっと現れたのが悪役令嬢――アリシアだった。

カイルから婚約者が来ると言われた時、エミリアは歓喜に沸いた。

花火がバンバン打ち上がっている気持ちだ。

ワクワクしながら、待ちに待った悪役令嬢に早速会いに行ってみるも、再び落胆《らくたん》がエミリアを待っていた。

なんと言ってもカイルはアリシアに夢中だわ、アリシアは物語にない盲目設定だわ……。本当に使えない。

先日の傷害事件も、物語のようにアリシアが怒り狂うこともなく平穏に過ぎ去り、このままアリシア退場か？　と肩を落とした。

更には、物語の中で『エミリア』がカイルの支持者集めのために企画した寄付イベントを、あの悪役令嬢がやってしまったのだ。

本来なら、アリシアは寄付イベントを邪魔する役で、アリシアの我が儘と傲慢《ごうまん》さが浮き彫りになるはずだった。

そして、矢面に立ったエミリアに同情が集まるはずだったのだ！

それが、アリシアのくだらない探偵ごっこのためにエピソードが終了してしまった。

アリシアは犯人の手首に印をつけたと言っていたが、彼女に手首を触られた時、なにも起こらなかった。そもそも、あの時も手首なんて触られもしなかった。掴まれたのは肘《ひじ》だったのである。

まったく人騒がせな女だ。

エミリアは、ストーリー通りに動かないアリシアに対して、不満と鬱憤《うっぷん》が湧いてくるのを止められないでいた。

そんな時、アリシアとカイルが、エミリアのクラスの模擬店にやってきて、弓矢を手に取った。

エミリアに衝撃が走った。

アリシアが弓矢を『銃』と言ったのだ。

カイルから弓矢を受け取ったエミリアは、呆然としてしまった。

「銃ですって⁉」

この世界で、これは『弓矢』だ。

誰がどう見ても、弓矢以外の何物でもないのだ。

これを広めたのは、昔の転生者かもしれないが、この世界では弓矢と呼ばれている。

それなのにアリシアは銃と言った。

聞き間違いではない。

エミリアは愕然《がくぜん》として呟いた。

「だから……ストーリーが狂ってるのね。もう一人、転生者がいるんだもの……」

エミリアは弓矢を片付けながら、カイルと楽しそうに景品を選んでいるアリシアを睨みつける。

元々、この模擬店はエミリアの発案だ。

もちろん、前世の射的をイメージしてのものなのだが、この世界には存在しなかったのでクラスメイトにはかなり褒められた。

斬新《ざんしん》な模擬店だったらしい。

それもそのはず、実際に開店してみると他の模擬店は食べ物ばかりで、射的モドキのこの店だけがゲーム性を持っていた。

お陰で模擬店は大繁盛《だいはんじょう》で、皆の顔も晴れ晴れと輝いている。

エミリアも、そのことをとても嬉しく感じていた。

でも……

エミリアは、可愛らしいぬいぐるみを景品として受け取ったアリシアをきつく見据える。

「あの子が転生者なら、話が違ってもおかしくないってこと？」

エミリアは、自分が大好きだった物語の主人公としての生活を楽しんでいたのだ。今更物語を止めることなどできない。

アリシアを襲ったのだって、ストーリーの一部なのだ。

もちろん物語では、エミリアではなく、悪役令嬢の横暴さに恨みを持った別の犯人がいた。だが、現実では、アリシアは学校に通っていないのだから誰からも恨まれていない。

だから、仕方なくエミリアが物語通りに、アリシアを襲ってみたのだ。

そこには罪を犯したという後ろめたさはなく、あるのはただストーリーを進められたという喜びだけ。

エミリアにとって、カイルもアリシアもただのキャラクターなのだ。

怖がろうが怪我をしようが問題ない。

ただし、自分が犯人だとバレると、この後のストーリー的にまずいのでバレないように気を付けただけのことだった。

ストーリーではこの後、あの悪役令嬢が、怒り狂ってカイル王子を責め立てる。自分が襲われたのは、王子の警備不備が原因だと大騒ぎして。

その姿を見て、王子は悪役令嬢に嫌気がさして、ヒロインである『エミリア』に目を向けるきっかけとなるはずだったのに――

（それなのにあの子！　転生者でストーリーを変えようとしているの!?　これは私の物語なのに……！）

エミリアは、自分のヒロインとしてのポジションが脅《おびや》かされている事実に憤《いきどお》る。

「もうっ、ストーリーがめちゃくちゃじゃない！　なにがしたいのよ！　悪役令嬢アリシアは!!」

そう言って、エミリアは自分の物語を邪魔するアリシアをどうするべきなのか考えた。

エミリアとしては、カイルとの恋愛パートに入りたいのだが、それには彼が悪役令嬢に幻滅して、反発する必要があるのだ。

アリシアがどんな人物なのか確認するために近寄ってはみたが……あれでは駄目だ。

少し優しくしただけでエミリアを信じてしまうくらいの、お人好しだった。

悪役令嬢ではなくて、ただの箱入りお嬢様だ。

それともあのいい子ちゃんも演技なの？

ストーリーを変えるための布石？

一体なにがしたいの？

ヒロインに成り代わるとか？

次々と不安がエミリアの胸に湧き上がる。

しかも、アリシアはこの学校の学生ではないので、学校公開が終わると王都に帰ってしまう。

学校以外でエミリアがアリシアと関わるのは、難しいだろう。

兎にも角にも、アリシアがこれで退場ではなにも始まらないことだけはわかる。

(だって、物語の舞台はこの学校なんだから！　その前になんとかしてストーリーを戻さないと！)

これはこれで無理ゲーだと頭を抱えながら、エミリアは悶々《もんもん》と過ごしていた。

そんな中、カイルから朗報が届いたのは昨日のことだった。

「アリシアがこの学校に聴講生として編入することになった。皆には迷惑をかけるかもしれないがよろしく頼みたい」

そう言ってカイルは皆に頭を下げる。

エミリアは「はい」と元気に返事をしながらも、顔が綻《ほころ》ぶのを止められなかった。

「これでやっと役者がそろったわ。ストーリーの修正もこれからできるかもしれない」

この編入の話で、やっとエミリアは安堵《あんど》のため息を吐いたのだった。

第三章　学校生活

～・～◆アリシアの入学準備◆～・～

学校の口頭試問にも合格し、正式に編入が決まった。手続きも終わり滞在していたヴィラで寛《くつろ》いでいると、部屋のドアが慌ただしく開かれた。

「――アリシア！」

「お父様？」

突然聞こえたパパさんの声に、私は急いで立ち上がりドアのほうに顔を向けた。すると大きな腕にガシッと抱きしめられる。

「アリシア～。心配したよ～。お父様はお仕事を頑張って終わらせて会いに来たよ～」

私のことを抱きしめながら泣きそうになっているパパさんの腕を、私はポンポンと叩く。

「お父様、苦しいですわ。私は大丈夫ですから、少し離れてください」

パパさんはもう一度ギュッと抱きしめてから、名残《なごり》惜しげに私を離した。

「本当に怪我はないのかい？　襲われたって聞いた時は私が死にそうになったよ。本当に大丈夫かい？」

「ええ、ご心配をおかけしました。この通り元気です」

私はパパさんの勢いに気圧《けお》されながらも、両手を上げてグッと拳を握った。

……や、やっぱり、パパさんは心配性ね。

「そうかい？　私の防御魔法だったら襲わせもしなかったのに……可哀想に……」

「お父様。本当に大丈夫だったのですから……ね？」

私がそう宥《なだ》めると、パパさんは勢いよく私の両腕を掴んだ。

「そ、そ、それに！　編入って!?　アンネマリーはどこだい？」

「スティーブン？　随分遅かったのですわね」

タイミングよく、ドアのほうからママさんの声が聞こえた。

パパさんは、私から離れてドタバタと音を立てながらママさんのほうに行く。

「アンネマリー!!　酷いじゃないか！　何度通信しても出てくれないし……気が気じゃなかったよ!!」

「だって、わたくし、ちゃんと伝えましたでしょう？　アリシアちゃんは編入させますわよ。もう試験にも合格しましたし、手続きも済みました」

「そんな!!　アリシアは目が見えないんだよ！　しかも、襲われた犯人も捕まっていないらしいじゃないか！　そんな危険なところになんか置いていけないよっ」

「わたくしも最初は反対しましたのよ。でも、わたくし達がそういう態度では、アリシアちゃんのためにならないと通信で伝えましたでしょう？　近くにいたらすぐに助けてしまいますもの。それではいけないのです。学校長も正式な学生となれば警護もし易いと仰ってますし、引き続き犯人捜査はしてくださるそうです。なによりアリシアちゃんが望んでいるのですわ」

「アンネマリー……」

一息にそう告げるママさんに対して、パパさんはこれ以上返す言葉がないみたいだ。しょぼんとした声でママさんの名前を呼ぶ。

私は勝負あったなと、ママさんの勝ちを確信すると、明るい声でパパさんに声をかけた。

「お父様、本当に私の我が儘なのです。お母様は、私のために色々してくださっただけなの。私、お父様にもご相談したいことがありますし、折角三人が揃ったんですもの。一緒にお茶でもいただきましょうよ。ね？」

「アリシア……そうだね。折角会えたんだし、話しておくれ。アリシアのことを応援しているけれど、お父様は心配なんだよ。それだけは忘れないでほしい」

「はい、お父様。確かに犯人がまだ捕まっていないことは、私も心配ではありますの。でも、その犯人捜しも目的の一つですわ。ただ、学校長に護衛は自分で手配すると約束してしまいましたの。それは、お父様にお願いしてもよろしいですか？」

「それはもちろんだが……」

「それに、私はとても楽しみなのです。だって、本当に学校に通ってみたかったんですもの。お父様、わかってくださる？」

「アリシア～」

眉尻を下げてパパさんのほうに顔を向けると、パパさんは情けない声をあげて、また私をガバリと抱きしめる。しかし、すぐにママさんに引き剥《は》がされたパパさんは、しょうがないと腹を括《くく》ったみたいだ。

「よし！　じゃあまずは楽しいお茶会で、その後は編入に必要なものを、至急、王都から取り寄せよう。アリシアのために最高のものを準備するよ。後は防犯対策だね。護衛も兼ねられる、腕の立つ侍女を手配するよ」

別の方向にスイッチの入ったパパさんに、ママさんも同調した。

「そうですわ。学校長に一番大きな寮の部屋を用意していただかなくてはいけないわね。セキュリティレベルも一番高い場所にしてもらわなくては！　わたくし、連絡してきますわ。あなたは護衛や侍女の選抜をよろしくお願いします」

「ああ、わかったよ。アンネマリー。私達でアリシアに最高の環境を用意しよう」

「ええ！　それでこそスティーブンですわ！」

ママさんがお茶も飲まずに出ていくと、私はパパさんに犯人捜しについて相談することにした。

「あの、お父様、少しよろしいですか？」

「どうしたんだい？　私の可愛いアリシア？」

私は、パパさんに事件のあらましと自分が感じたことを全て話した。

その上でどうすべきかを相談したのだ。

「なるほどね。もちろんお父様はアリシアを信じるよ。アリシアがその学生の腕にスタンプの痕跡を感じたのなら、その学生が怪しいね」

「でも、エミリアさんは本当にお優しくていい方ですの」

「ふむ、そのエミリア嬢とは確かフレトケヒト男爵のお嬢さんだったね。あそこは今飛ぶ鳥を落とす勢いで成長している家なんだ。エミリア嬢に動機がなくとも、男爵にはあるだろうな」

「どういうことですか？」

真剣な声で言ったパパさんに、私は首を傾げて尋ねる。

「今、あの家は王家との関わりを欲している。アリシアが聞いた王都の噂も、事業で成功した男爵の差し金で、なんとか王家と繋《つな》がりを持ちたいと流されたのだと考えていたんだ。ただ、エミリア嬢の気持ちを汲《く》んでのことかは微妙かな。あそこの男爵はかなりワンマンらしいからね」

「まぁ……。では、エミリアさんの意思ではないかもしれませんの？」

「その可能性はある。それはこれからアリシアが調査をするのだろう？」

「はい。私がスタンプの熱を感じたのは一瞬ですし、カイルが言うには光っていなかったようなのです」

「要するに、アリシアは、自分の感覚を信じるとエミリア嬢が疑わしいが、明確に犯人とは断定できないというところで迷っているんだね」

「はい」

そう言うと、パパさんは私の頭をいい子、いい子と撫でた。

「お父様？」

「いや、流石《さすが》お父様の娘だと思ってね。お前の判断は間違ってなかったよ。その場でお前が感覚だけを頼りにエミリア嬢を責め立てていたら、今頃大変なことになっていただろう」

パパさんの言葉をきょとんとしながら繰り返す。

「大変なこと？」

「ああ、フレトケヒト男爵家は、本当に地位と権力を欲している。だとすると証拠もないのに娘を責め立てたお前は、王子には相応しくないと騒ぎ出したかもしれない。エミリア嬢がそれを望むのかは分からないが、お前とカイル殿下が婚約解消となれば、彼女が殿下に取り入る隙を作れるからね。目的を達したことになっただろう」

「そ、そんな……」

「だが、お前は冷静に証拠を集めてからにしようという判断を下したことで、あちらはなにもできなくなった。主導権はアリシア、お前が今持っていると思うよ」

「主導権ですか？」

「他に犯人がいるという可能性もあるが、捜査していくうちに真実は自ずと明らかになるだろう。捜査だって、騎士団や警備の者を動かすこともできる。その結果として、外部犯なら騎士団に捕らえてもらうことになるだろうし、内部犯なら学校長に告発することになる。まだわからないが、その時点でエミリア嬢が犯人である明確な証拠や動機がわかれば、告発するしかない。もし男爵が黒幕なら、お父様がフレトケヒト男爵家全体の責任として、きつーいお仕置きをしてもいいよ？」

そう口にするパパさんは今、真っ黒な笑みを浮かべているだろう。私は苦笑しながら口を開いた。

「ありがとうございます。でも、まずはエミリアさんに拘《こだわ》らずに、私自身できちんと犯人を捜すことにいたします。もちろんケイトやカイルにはお手伝いしてもらいますが……。その結果として、エミリアさんやフレトケヒト男爵が怪しいとなったら、お父様にお話ししますわ。でも、やっぱり自分で解決したい」

パパさんは「しょうがないなぁ」と笑って、私の頭を撫でた。

「わかったよ。では、学校に連れて行く侍女はケイトにしなさい。ケイトならこの事件のことも知っているし、腕も立つ。なにより信頼できるからね。後は護衛に騎士団から女性騎士を貸してもらおう」

「はい！　お父様！」

「手に負えなくなったら、すぐにお父様に知らせること！」

「わかりました」

ピシッと言ったパパさんに、私はコクコクと頷く。すると、パパさんは大きな手でもう一度私の頭を撫でてくれた。

「とりあえずは頑張ってごらん？　ああ、そうそうカイル殿下はどうするんだい？」

「カイル、ですか？」

「自分と男爵令嬢に関する噂も知らないような婚約者なら、この件とは別に、婚約なんか破棄したってお父様は全然構わないんだよ？　元々我が公爵家は王家を監査する役割も担《にな》っているし、更に今はカイル殿下が我が公爵家に相応しいかを公《おおやけ》に試験している段階だ。それに、お前にかけた中途半端な防御魔法もよくない」

パパさんの声が一言一言話すごとに、低く不穏な色を帯びていく。パパさんの怒りを感じて、私はきゅっと唇を噛みしめた。

「……お父様。でも、私はカイルのことが好きですの。学校はこんなにも王都から離れているのですもの。噂のことを知らないのもしょうがないですわ。知っていてなにもしなかったのなら、私でも怒りますが……」

「そう？　しょうがないなぁ。アリシアは優しい子だからね。アリシアに免じて、もうしばらくは様子を見てあげるよ」

そう言って、パパさんは不満そうに話す。実は、少し強引に婚約話を進められたことを未だに根に持っているのだ。

その後は、パパさんから学校生活における注意事項が何度も繰り返された。

私はパパさんの話を半分聞き流しながら、一週間後の編入が楽しみでしょうがないと内心浮き立っていた。

目のことやエミリアさんのこと、犯人に他の学生とのコミュニケーション……

不安は尽きないが、今世の私にはいつも味方してくれる両親と、これからも側にいてくれるカイルがいるんだもの。

なんとかなるわ！

それに、学校公開のゴタゴタで受けられなかった魔法の授業も受けられるんだから。

楽しみも沢山あるはずと前向きに考えて、私は学校生活を心待ちにするのだった。


〜・〜♣カイルと執行部♣〜・〜


カイルはアリシアの編入が決まってから、更に忙しく過ごしていた。

もちろん、アリシアの安全で快適な学校生活のための下準備だ。

もう危ない目には遭わせられない。

カイルは気合を入れて行動していた。

学校長に掛け合って、今までは学生の自主性に頼っていたルールや秩序をきちんと保つために、執行部という機関の設置を許可してもらった。

学校公開後、すぐに執行部選挙を行いメンバーを選出したのである。

もちろんメンバーはカイルといつもの五人で決まり、多少の権限もあるため動きやすくなった。

執行部の部室として、寮の談話室の一つを借り上げ、なにかあった時の対応もスムーズに行えるように準備を進めた。

カイルは、早速新しく運び入れた執務机に座り、集まった執行部のメンバーに目を向けた。

「皆、色々協力してくれてありがとう。なんとか執行部の設立が間に合ってよかったよ。これからもよろしく頼む」

「でも、凄《すご》いですよね～。アリシア嬢が編入してくるとなったら、執行部まで設立してしまうんですから」

カーライルが感嘆のため息を吐いた。

「だよな。今までは将来自分の役に立つ人材探しというスタンスだったのに、今や学校運営にまで手を伸ばすなんて」

エリックもそれに同調して、置いてある真新しいソファに腰掛けた。

「確かに。もしカイルが第一王子だったら、と思わず考えてしまいましたよ。まあ、動機が婚約者のためなので国王向きでありませんが」

アラミックも楽しそうに笑って、ソファでお茶を飲む。

その横で、ミハイルは先日の学校公開の売り上げの計算や、これからの出費についての予算を組みながら頷いた。

「カイル殿下がやる気になってくれて、本当によかったですよ。これまでバラバラに模擬店の相談を受けていたので、執行部としてまとめられるようになり、本当に助かりました」

「そうよね～。私もちゃんとした役職があったほうが、情報も貰い易いし嬉しいかな」

エミリアはポットからお茶を注ぐと、微笑みを浮かべながら、さっとカイルのところに運んだ。

「はい、どうぞ。カイル様」

「ああ、ありがとう。エミリア」

「でも、アリシア様は本当に大丈夫ですか？　盲目だと教室移動も大変そうですよね。もちろん、私もお手伝いはさせてもらいますけど」

「それは大丈夫だよ。アリシアの方向感覚は素晴らしいし、侍女も優秀だからね。でも、同じ女性同士、エミリアにはアリシアをサポートしてもらえると、とても嬉しいよ」

「はーい、お任せください」

すっと目を細めて頼むカイルに、エミリアは敬礼の真似事をして返し、皆の笑いを誘った。ひょうきんなエミリアに可笑しそうに笑うと、カイルは表情を真剣なものに改め、ソファに座るエリックに目を向ける。

「それはそうとエリック。アリシアを襲った犯人については見当はついたかい？」

「はっきり言って難しいな。あの日は本当に色んな人間が出入りしていたんだ。このままじゃ、不審者を特定するのさえ難しい」

エリックは、眉根を寄せて残念そうに俯《うつむ》いた。

「そうか……。まぁ、今後は警備の強化で再発防止に努めるしかないな」

カイルと執行部メンバーは悔しげな表情を浮かべるが、こればかりは仕方がない。

まずは、アリシアが編入してきてからの警備体制について話し始めた。執行部を作ったことで、学校の警備にも意見できるようになったのだ。

「なぁカイル。アリシア嬢には防御魔法を教えるんだろ？」

エリックが尋ねると、カイルはしっかりと頷いた。

「ああ、そのつもりだ。できるかどうかはまだ微妙なんだけどね。まずは、魔法の講義を聞いてもらってから判断しようとは思っているよ」

「ならいいな。やっぱり、多少は自分自身でなんとかする力がないと、いざという時厳しいからな。もし、護身術が必要なら言ってくれ。いつでも教えて差し上げるぞ」

「ああ、ありがとう。エリック。でも、護身術なら私が教えるさ。私の婚約者だからね」

うっすらと笑うカイルの背後に黒いものを感じて、エリックはびくりと肩を跳ねさせた。

「おお、怖！　あんまり独占欲丸出しだと嫌われるぞ」

「気付かれるようなヘマはしないよ」

そう言って、カイルはアリシアの前では決してしないような顔で、にやりと笑ったのだった。

〜・〜◆アリシアの学校生活◆〜・〜

「ア、アリシア。体にはくれぐれも気を付けるんだよ？　寂しくなったらいつでも通信しておいで？　なんだったら毎週お父様が会いに行くからね？　あと、絶対に一人にならないこと。ケイトと護衛のマリアからは離れないんだよ！」

「わかりましたわ、お父様！　心配なさらないで」

私の手を離さずに、既に三十分は同じことを繰り返し話しているパパさん。そんなパパさんをどうにか宥《なだ》めて、今度はママさんに挨拶をする。

「お母様、私を学校に行かせてくれてありがとうございます。犯人捜しもですが、せっかく学校に通うんですもの、頑張って自立した女性を目指しますわ！」

「ええ、そうね。頑張ってね。でも、やっぱり行ってしまうとなると、とても寂しいわ。お母様にも通信で色々お話しして頂戴ね？」

「はい！」

私はそう言うとママさんからも少し離れて、二人に深々と淑女《しゅくじょ》の礼を取った。

「アリシア〜」

「公爵、公爵夫人。アリシアは私が必ずお守りしますので、お任せください」

パパさんの話をじっと聞いて待っていてくれたカイルが、スッと私の手を取り、二人に挨拶した。

「絶対に頼みましたよ！　カイル殿下！」

「よろしくお願いいたします」

両親の声を聞いて、私はカイルのエスコートで馬車に乗り込んだ。

「お父様！　お母様！　行ってまいりまーす！」

見えないながらも、馬車の窓から大きく手を振って、私は大好きな両親に別れを告げた。

一生懸命手を振り続ける私に、カイルが声をかける。

「アリシア、そろそろ窓を閉めよう。スピードをあげるよ」

ヴィラから学校まではたった十五分程の距離だ。それでも、私は少しの寂しさと沢山の期待で胸が一杯になっていた。

ほどなくして、馬車がゆっくりと停止し扉が開かれる。どきどきして中々席を立てないでいると、カイルが不思議そうに尋ねた。

「アリシア？　着いたよ？」

「あ、うん。うん！　がんばろ！」

私は自分に言い聞かせるように呟くと、カイルの手を取って馬車から降りる。

「さぁアリシア。ここがアリシアが生活する寮だよ。寮は二つの大きな塔で、間に塔を繋《つな》ぐ中央棟がある。中央棟には入り口と共有施設があるんだよ。右の塔は女子寮、左の塔が男子寮だ。それぞれの建物の入り口にはセキュリティーチェックがあって、魔法で声を認証するんだ。これからアリシアも声を登録しよう」

「声で認証するのね」

カイルの説明に、私は驚いて思わず問いかけた。

「ああ、確かアリシアは一番広い部屋を使うから、右の塔の最上階かな。僕も反対側の同じ部屋なんだ。間取りは、侍女のための部屋が二部屋と、アリシアの寝室と居間がある感じかな。食事は男子寮と女子寮の間にある中央棟の食堂で食べられるし、もちろん侍女に部屋に運んでもらってもいいんだ。でも、僕は君と一緒に食べたいな」

カイルの説明を聞きながら、部屋の中や食堂を想像する。この世界に来てから、食堂で食事を取った経験など勿論ない。

私はどんなメニューがあるのだろうを胸を弾ませて、カイルに笑みを向けた。

「そうね。カイルと一緒に食事ができるのなら、私も嬉しいな」

「さぁ、中も案内しよう。寮の入り口までなら僕も行けるからね」

「うん！」

カイルは私の手を取って、入り口に向かって歩き出した。

門をくぐるとカイルがふと低く呟いた。

「まったく油断も隙もないな」

「ん？　どうしたの、カイル？」

「いや、なんでもないよ。君はどこでも注目の的だからね。視線が気になっただけさ。じゃあ、まずは事務室に行こう。声の登録を済まさないとなにもできないから」

「はい！」

カイルは、私を建物の入り口横にある事務室に連れて行く。早速声を登録してもらうと、そのまま共用施設に向かった。

私はいつもと違う雰囲気に呑まれて、カイルに説明されるまま、人形のように頷いていた。

「ここが図書室兼自習室だよ。学校のほうには大きな図書館があるけど、宿題くらいならここでも十分事足りるはずだ。アリシアの侍女は読み上げ魔法を使えるんだろう？　興味のある本を借りてみたらいいよ」

「そうね、魔法だったのよね。私は本当に読んでくれていると思ってたわ」

私はポツリと呟いた。読み上げ魔法とは、魔法をかけた本人の声で本などを自動で音読する魔法で、皆、前世のラジオのように本を聞きながら刺繍《ししゅう》をしたりするらしい。

毎晩、侍女が読んでくれていた絵本の時間は、実は魔法だったなんて！

子供だったら、落ち込んだわ！

ブツブツ言っている私を心配して、カイルが話しかける。

「なにか質問があるのかい？」

私はショックを隠して、顔を横に振った。

「なんでもないわ」

「そうかい？　それじゃあ後は食堂と談話室かな。食堂は今日の夕食の時に案内するから、談話室に行ってみよう」

「はーい」

そうして私達は談話室に向かった。

談話室とは、寮生活をする学生が寛《くつろ》ぐ居間的な場所で、男女共に一緒に使用することができる。半個室や完全個室に区切られている場所もあり、プライバシーを守りたい場合はそちらも使用可能だとか。

「あと、この場所は執行部専用のミーティングスペースになってるから、大体僕はここにいると思うよ」

カイルは、私をエスコートしながら奥にある完全個室の場所まで連れてくると、ドアをノックした。

「入るよ」

私はカイルに手を引かれて執行部のドアを潜《くぐ》る。

「ようこそ！　執行部へ!!」

私が部屋に入ると、早速エリックさんの声が迎えてくれた。

「よく来たね！　また、会えて嬉しいよ」

「アリシア様、これからもよろしくお願いします」

カーライルさんとミハイルさんも、続けて優しく出迎えてくれる。皆さんとの再会に私は嬉しくなって、自然と頬が緩《ゆる》んでいく。

「あれ？　エミリアは？」

すると、カイルが皆さんに尋ねた。

そういえばエミリアさんの声は聞こえてこなかった。不安に思っていると、エリックさんが困ったように口を開く。

「えっと、まだ来ていないね。でも、もうすぐ来るんじゃないかな」

「そうか、エミリアには女子寮の中を案内して欲しかったんが……。アリシア、少し待ってみよう」

「ええ、わかったわ」

カイルに案内されて座ったソファの上で、私は少し緊張していた。

何故なら、学校公開でエミリアさんの手首を触った時にスタンプの痕跡を感じてから、会うのは今日が初めてだ。

まずは、エミリアさんの様子をしっかり観察しないと……

私は微かに震える手を誤魔化すように、ギュッと強く拳を握りしめるのだった。


～・～♥エミリアの作戦♥～・～


バタンと執行部のドアが閉まると同時に、中に入っていったカイルとアリシアの様子を、固唾《かたず》を呑んで見守っていた学生が一気に話し出した。

「うわー？　見たか？　アリシア嬢！」

「見た！　見た！　噂以上に可愛いな」

「いや、あれは美人って感じだろ？」

「マジか！　あれで盲目だなんて本当に残念だよ。目が見えてたら引く手数多《あまた》だったさ」

「だよなーー」

「盲目でもいいって連中も多いって話だぞ？」

「確かにな。でも、カイル殿下があんなにガッチリガードしてるんじゃ、近くにも行けないよ」

「それに気付いたか？　あの防御魔法。俺にはできない位の高度なヤツだぜ」

「近寄ることもできないか……。名実共に高嶺《たかね》の花だな」

男子生徒があまりのアリシアの可愛さに湧くすぐ側で、女生徒達は嫉妬《しっと》の眼差しを向けていた。

女生徒からすると、公爵家の令嬢とはいえ、聴講生としての編入なのに寮の最上階に入り、憧れの執行部にまで出入りしているのだから面白くない。

王子の婚約者という肩書きだけでも恨めしいのに、見た目も完璧で、こうして男子たちに持て囃《はや》されているのだから、睨みつけたくもなってしまう。

エミリアはその様子を一通り確認してから、女生徒達に話しかけた。

「どうしたの？」

顔を寄せ合って不満を口にしているところに、後ろから明るい声が響き、女生徒達はハッとして振り向いた。

「エミリアさん！」

一人が思わずといった風に声をあげると、次から次へと女生徒がエミリアの周囲に集まり、不満をぶつける。

「ご覧になりました？　あの公爵令嬢。盲目だからといってカイル様にベッタリでしたのよ？」

「本当に見えないのかしら？　とてもしっかり歩いてらしたし……ねぇ？」

「しかも今、執行部専用のお部屋に入って行きましたのよ？　メンバーでもないのに！」

「カイル殿下も公私混同ですわ。いくら婚約者といっても、執行部専用とうたっている部屋に連れて行くなんて不公平ですわ」

エミリアは内心ほくそ笑みながらも、表面上は困った顔を作り彼女達に共感してみせた。

そして、護衛の騎士達には聞こえないくらいに声を潜《ひそ》めて、さも内緒話のように話す。

「そうなのね……。アリシア様は公爵令嬢だし、目がお見えにならないでしょう？　かなり我が儘な性格で、厳しい方みたいなの。きっとカイル様も、仕方なくご一緒しているのだと思うわ」

エミリアは伏目がちにしおらしく言ってのける。そんな彼女の言葉に、女生徒たちは目を吊り上げて、声を荒らげた。

「「「まぁ！　そうでしたのね。お可哀想なカイル殿下」」」

予想通りの彼女達の反応に、エミリアは大笑いしたい気持ちをぐっと堪《こら》えて、アリシアの我が儘な振舞いについて吹聴《ふいちょう》する。

「それに、今回の聴講生の話も、自ら学校長に我が儘を言ったらしいわ。一度入学を断られているのに無理を言ったみたい。しかも、執行部で企画したチャリティもいつの間にかアリシア様がやったことになっているし……。私もあんな困った方は初めてだわ」

「そうなんですの？　私もあの企画はアリシア様がやったのだと伺っていましたわ。違いますの？」

「アイデアはアラミック様よ。許可を取ったのはミハイル様だし、ブースは皆で作ったわ」

「確かにわたくし、執行部の方々が準備されているのを見ましたわ！」

「えぇぇ！　それを自分だけの功績にして学校に入られたの？」

女生徒達は口々に「酷いわ」と繰り返す。

アリシアがなにを考えているのかはわからないが、外堀から埋めて、エミリアのよく知る悪役令嬢に仕立てるつもりだ。

エミリアはもう一押しと続ける。

「それに、私はカイル様からアリシア様の面倒を見るように言われているの。身分差もあるし、いつ怒られるか今から怖くて。本当は嫌なのだけど……」

そう言うとエミリアは泣き真似をして、女生徒達の同情を誘う。そして、トボトボと執行部専用のミーティングスペースに向かった。

その後ろ姿を見ていた女生徒達は、アリシアへの非難を口にした。

「可哀想だわ。エミリアさん」

「本当よね。アリシア様がそんなに我が儘なら、私、これから耐えられないわよ」

「カイル殿下も気の毒だわ。これから婿《むこ》養子なるんですもの、逆らえないわよね」

「「酷すぎるわ」」

エミリアは狂ってしまったこの世界を、前世で大好きだった小説のストーリーになんとか近づけようと躍起《やっき》である。

まずは、アリシアにきちんとした悪役令嬢になってもらわなければならない。

盲目なんてイレギュラーな設定なので、先に噂を立てておかないと同情が集まってしまう。

もう既に色々な場所で、さっきのようなアリシアの噂を流している。噂の中のアリシアは意地悪で我が儘で、怒ると止められない公爵令嬢となっていた。

エミリアは、後ろで交わされている女生徒達の会話を聞いて、満足げに頷きながら執行部のドアをノックした。


エミリアがドアを開けると、執行部の面々とアリシアが楽しそうに話していた。

エミリアは顔を顰《しか》めそうになるのをなんとか止めて、皆に話しかける。

「こんにちは！　皆さん」

「あぁエミリア、来てくれたのかい？」

「はい！　カイル様！　今日はアリシア様の入寮だと聞いたので、なにかお手伝いできないかなぁと思いまして！」

「そうなんだよ。女子寮のほうはエミリアに案内して欲しかったんだ。頼めるかい？」

「もちろんです！　アリシア様、編入おめでとうございます!!」

カイルの頼みに満面の笑みで答えたエミリアは、彼の隣に立つアリシアに目を向ける。エミリアに声をかけられたアリシアは、紫色の瞳を輝かせて、血色のいい頬を綻《ほころ》ばせた。その美しさはエミリアでさえも見惚れてしまうほどだ。

「ありがとうございます、エミリアさん。これからもよろしくお願いします」

「エミリア、外が少し騒がしいようだが？」

「そうなんですよ、エリック様！　皆さん、アリシア様に興味津々みたいなんです。なんと言っても、アリシア様はとてもお綺麗ですし。……ただ……」

「おい？　どうしたんだ？　エミリア？」

言い淀《よど》むエミリアに、エリックが小首を傾げて尋ねる。それに、エミリアはさも残念そうに小さく言った。

「皆さん、アリシア様を誤解なさっているみたいです。なんでも、我が儘で自分勝手で、カイル様を見下しているとか……好き勝手仰ってて……」

「なんだと!?」

エミリアの発言に、カイルが血相を変えて、バンッとテーブルを叩いた。

そんなカイルを横目に、エミリアは更に続ける。

「後は、カイル様は婿《むこ》養子だからアリシア様の言いなりだと……」

「酷いな。一体誰がそんな噂を？」

「私もそう思って、やめるように注意していたら、遅くなってしまいました」

エミリアは、眉を顰《ひそ》めながらソファに座る。すると、目の前に立つアリシアが、見えない瞳でじっとエミリアを見据えていた。

「エミリアさん、ありがとうございます。本当に噂は当てになりません。でも、エミリアさん達が怒ってくれただけで、私はとても心強いです」

「い、いえ。そんなことありません」

真っすぐなアリシアの瞳にエミリアはたじろいでしまう。

そうしている間にも、カイルは執行部の面々を連れて出て行った。噂の確認に行ったようだ。

エミリアは、カイル達が部屋を出るのを確認するとアリシアに話しかけた。

「アリシア様はカイル様のことをどう思っていらっしゃるんですか？」

「どうとは？」

「あの……本当に……こんなことは言いたくないんですが……」

「エミリアさん？」

「実は……私も噂で苦しんでいるんです。王都のほうで私とカイル様の関係が噂になっていて……。本当に誤解なんですが、私が相談しても、カイル様は皆になにも言ってくれないんです」

「……カイルが？」

先程まで不思議そうな表情を浮かべていたアリシアの顔が、だんだん強張《こわば》っていく。それを見ながら、エミリアは口の端を上げて続ける。

「カイル様は私を妹や同志として見ているのか……名前も呼び捨てで……。他の女生徒にはなさらないのに、私だけが呼び捨てなのです。私のほうが身分は下ですが、余計な誤解を招かないためにも、異性を呼び捨てにするのはやめていただきたいのです。王都でも、変な噂が流れているとカイル様に伝えたんですが、気にすることはないと……。でも、私からでは噂を否定するようなことも言えなくて。アリシア様はわかってくださいますか？」

「カイルが……王都の……噂を、知っていたの……？」

「はい、私がお話ししました。結構前のことですよ。アリシア様も女性ならお分かりですよね。私にも好きな方がいるのです。それなのにあんな噂が広まっていては、告白することもできません」

そう言って、エミリアは顔を伏せて泣き真似をした。

アリシアは困惑した様子で、懸命に手を伸ばしエミリアを探している。

「エミリアさん！　本当にカイルは知っているの？」

「ええ、もちろんです」

エミリアはアリシアの手をすっと避けて立ち上がった。

「あっ！　ごめんなさい！　カイル様の婚約者であるアリシア様に、こんな話をするべきじゃなかったですね。やっぱり今のは忘れてください！」

「え？　エミリアさん！」

そうして、そのままエミリアは急いで部屋から出た。

外ではカイルとカーライルが護衛と話をしていたので、泣き真似をしてすぐ横を通り過ぎる。エミリアの異変に気付いたカイルが、咄嗟《とっさ》に彼女を呼び止めた。

「エミリア？　どうしたんだ？」

「カイル様……アリシア様が……酷過ぎます」

「アリシアが？　なにがあったんだ」

「アリシア様が……自分の悪い噂を流したのは私じゃないかと言うのです」

「え？」

エミリアの言葉に、カイルは意味がわからないとばかりに表情を曇《くも》らせる。エミリアは顔を覆いながら、声を震わせて続けた。

「少しくらいカイル様に気に入られているからって、目障《めざわ》りだって……そう仰って……」

「なんだって？　なんでそんなことに？」

「ああ……確かに誰にも冷静で平等なカイルが、エミリアのことは特別扱いですからね」

話を聞いていたカーライルが、横で頷きながらそう告げる。その言葉に、カイルは慌ててカーライルを見つめる。

「僕がエミリアを特別扱い？」

「気付いてないのかい？　だってカイルは、エミリア以外の女生徒のことは呼び捨てにはしないだろう？」

「いや、それは兄上の治世をだな……」

反論しようとするカイルの言葉を遮るように、カーライルは鋭く言う。

「それはわかってはいるけど、周りからしたらエミリアを特別扱いしているってことなんですよ。確かに、アリシア嬢からしたら面白くないはずです」

「アリシアが？　でも、彼女がそんなことを言うなんて信じられない」

カイルは焦った顔をして、早足に執行部の部屋の中に入っていった。

エミリアは俯《うつむ》いていたものの、口端が上がるのを止められない。

「大丈夫かい？　エミリア？」

カーライルの声に我に返ると、エミリアは悲しげな表情を作って頷いた。

「カーライル様、今日は失礼します」

「あ、ああ」

涙を拭う仕草《しぐさ》をして、エミリアはその場を後にした。

残されたカーライルは、そんな彼女の後ろ姿を眺めながら首を傾げていたのだった。


～・～◆アリシアの喧嘩《けんか》◆～・～


「アリシア！」

慌てたように部屋に戻ってきたカイルに、私は顔を引きつらせた。

今エミリアさんが訴えていたことは、パワハラにセクハラだ。やっぱり噂の相手はエミリアさんだったのだ。

それにカイルは自分の立場をわきまえず、エミリアとの噂を正そうともしないという。彼女の言っていた感じだと、むしろ広まっても構わないと考えているようだ。

まさかカイルがとも思うが、実際に王都ではあの噂が流れている。

裏切られたショックもあるけど、エミリアさんまで巻き込んでいるのに平気な顔をしているなんて……！

私は怒りをあらわにカイルに詰め寄った。

「カイル！　あんまりですわ！」

「変な誤解をしないでくれ！　あの（学校に流れているアリシアの）噂については僕もエミリアも無関係だ！」

カイルの言葉に、私はエミリアさんの言っていたことは本当なのだと悟った。

カイルは、王都の噂を知っていて、それでもなにもしなかったの？

疑われるようなことをしていないとはいえ、あんな噂を放置するなんて……酷いわ。

カイルはいかに酷いことをしているのか、気付いていないのかしら？

「あの（王都に流れているカイルとエミリアさんの）噂は、カイルが悪いのでしょう？」

「違うよ！　何度も言うけど、あの（学校の）噂は僕とは無関係だ」

「いくらカイルに悪気がなくても、責任はあるわ。カイルがエミリアさんを特別扱いするから、あのような（王都の）噂が立つのよ！」

「いや、確かにエミリアを特別扱いしているように見えたかもしれないが、それとこれとは話が別だろう!?」

声を荒らげながら、カイルは王都の噂を自分のせいではないと言い切る。そんな彼に幻滅し、私は部屋の外に控えていたケイトを呼び出した。

「ケイト、寮に連れて行って頂戴」

「かしこまりました、アリシアお嬢様。顔色が悪いです。休まれたほうがよろしいかと」

「そうね。少し頭痛がするわ」

確かに自分が恋愛事に疎《うと》いという自覚もあるし、カイルへの初恋に気付いたのもつい最近だ。でも、まさかカイルがここまで女心がわからないとは思わなかった。

事あるごとに親愛の情を示してくれたし、パーティーではそつなく女性をあしらっていたように感じていたので、ここまで察しが悪いとは知らなかったのだ。

そんな態度じゃ、エミリアさんも困惑したことだろう。

自分を王子が特別扱いして、あんな噂が王都で流れたら、エミリアさんの恋は実るはずもない。

だって、王都のお茶会では、エミリアさんがカイルに付き纏って仲良くしていると言われていたのだ。

それを自分のせいじゃないだなんて……エミリアさんが可哀想過ぎるわ。

これが本当ならエミリアさんが私のことを気に食わなくても仕方がない。

カイルの中途半端な優しさと鈍《にぶ》さに、本当に頭が痛くなってきた。

私はケイトの手を取って寮に向かう。すると、カイルも慌てた様子で後をついてくる。

「アリシア、なにを怒っているんだい？　でも、どう考えたってあの噂は僕のせいではないだろう？　僕は君に迷惑をかけたりはしないよ」

私は、私自身が王都で言われた数々の嫌味を思い出して悲しくなった。

あんなに悩んだのに……

あんなに悔しかったのに……

更にはエミリアさんにも悲しい思いをさせているのに。

私はケイトに手を引かれて、女子寮の入り口まで連れてきてもらった。

その間も、カイルは自分のせいでもエミリアさんのせいでもないと繰り返していた。

カイルに対する初めての不満が、ぐるぐると渦巻いていく。

どうして私という婚約者がいるのに、エミリアさんを特別扱いするの？

エミリアさん一人だけ、女の子を名前で呼んで側に置けば、誤解されても文句は言えない。それがカイルには全然わかってない。

その噂に私がどんなに傷ついたのかも、全然わかってない！

私は今にも爆発しそうな思いを、拳を固めてぐっと堪《こら》える。

「アリシア！　君がエミリアに言ったことは本当に誤解なんだ。あの（学校の）噂は悪意ある誰かが流したに違いないよ!!」

カイルがついに第三者のせいにまでし始めて、『ブチッ！』と、私の堪忍袋の緒が切れる音がした。

「それが一番いけないの！」

「え!?」

カイルの驚いた声が聞こえたが、もう止まれない。私は捲《まく》し立てるように言った。

「カイルは全然わかってないわ。女心が微塵《みじん》もわかってない！　エミリアさんがどんな気持ちでいたのかも！　私がどんな気持ちで王都で過ごしていたのかも！　全然わかってないのよ!!　カイルは……カイルは……少し自分の言動を見直すべきだわ。貴方の言動で、少なくとも私とエミリアさんはとても傷ついたの。反省すべきだわ」

私はカイルに向かって一気に言葉をぶつけると、ケイトを呼んで女子寮のドアに向かった。

ドアが閉まる直前に、カイルの困惑した声が聞こえたような気もするが、今の私には届かない。

「ケイト……部屋に案内して頂戴」

「かしこまりました。お嬢様」

ケイトはなにも言わずに私の手を取ると、慣れない道を段差や道幅を説明しながら、寮の最上階へと連れて行ってくれた。

私は顔を上げることさえできず、ケイトの手に縋《すが》るように、ただただ言われるままに歩く。

「お嬢様、お部屋に到着いたしました」

ケイトの優しい声に、今まで我慢していた大粒の涙が頬を伝う。

ドアの前に立ちすくんでいる私を、ケイトはゆっくりとソファまで案内して座らせてくれた。

「アジガド……ゲイド……」

『ありがとう』と言ったつもりが、変な言葉になってしまった。それでも、ケイトは笑うことなく、大丈夫ですよ、とママさんがするようにそっと背中を撫でてくれる。

その手の温かさに、更に涙が溢れてきた。

ようやく涙が途切れた頃、ケイトが私の手をゆっくりと持ち上げて、温かいマグカップを持たせてくれる。

「ホットミルクでございます。ゆっくりと召し上がってください」

私は鼻を軽くすすり鳴らしながら、カップに口を近づけて、フーッと息を吹きかけてからコクンと一口飲んだ。

ケイトが作ってくれたホットミルクからは、ほんのりと蜂蜜《はちみつ》の甘い香りが漂い、思わずほうっと息を吐く。

私は落ち着きを取り戻し、ソファにゆったりと座り直した。

「ありがとう、ケイト」

「お役に立てたのならなによりです。今回の件は、お嬢様は全くこれっぽっちも悪くございません。王都で流れていた噂をあえてそのままにしていたなんて……カイル殿下に百二十パーセント非があります」

私はまた涙が出そうになったが、グッと我慢して、不安な気持ちのままケイトに尋ねた。

「そう思う？　ケイトは私が酷いことを言ったって思わない？」

「思いませんとも！　カイル殿下は、あまりにもデリカシーがございませんでした。このことを公爵様がお聞きになられたら、大変お怒りになりますよ」

ケイトの言葉に、怒ったパパさんの声が容易に想像でき、私は思わずふふっと笑ってしまう。

「そうね、大変なことになるわね」

「そうですとも！　カイル殿下は、公爵様や奥様に叱られたらよろしいんですわ！」

ケイトは本当に優しい。

小さな頃から、どんな時も、いつも、私の側にいてくれた。

勿論悪戯《いたずら》をしたり、危ないことをすれば凄《すご》く怒られたけれど、それでも私はケイトが大好きだった。

「お嬢様。私は王都のお茶会で、アリシアお嬢様が何人もの令嬢から意地悪されたり、揶揄《からか》われているのを黙って聞いておりました。それは、アリシアお嬢様が決して負けたりはしないと知っていたからです。時には、お茶やジュースをかけて仕返しされていたくらいですから。そんなアリシアお嬢様が青ざめて席を立ったのが、カイル殿下の例の噂を初めて聞いた時でございました」

そう言って、ケイトは私に向かって少し涙声になりながら続けた。

「なにを言われても絶対に負けなかったお嬢様が、唯一席を外されたのがその時でございます。噂を訂正しないのは、てっきり殿下がご存知ないからだと思っておりましたのに……カイル殿下は、ご自身の言動をもう一度省《かえり》みる必要がございます」

そう言ってから、ケイトは黙り込む。私は、ケイトがそこまで自分のことを思ってくれていたのだと知り、胸が熱くなった。

本当なら侍女にはやるべきではないのだが、私はケイトに向かって両手を伸ばした。

ケイトが躊躇《ためら》いがちに私の手を取ったのと同時に、グイッと引っ張って隣に座らせる。そして、ケイトの首に腕を回してきつく抱きしめた。

「ありがとう、ケイト。大好きよ」

ケイトの柔らかな頬に顔を押し当てながら、私は精一杯の感謝の気持ちを伝えた。

「……お嬢様。いけません。使用人にこのようにしては」

ケイトは口ではそう言いながらも、抱きつく私の背中をゆっくりと撫でる。そして、腕をトントンと軽く叩いた。

私はケイトの首から手を離して、にっこりと笑う。

「そうね。お母様には内緒よ？」

そう言って、まだ眦《まなじり》に残っていた涙をグイッと拭った。


「――お嬢様？　食事をお持ちいたしました。少しでも、お召し上がりください」

私は少しぼぅっとしたまま、ケイトに返事をした。

「う、うん。ありがとう。でも、食欲がないわ。少し頭も痛いし。このまま休んでもかまわないかしら？」

あの後、寝室で休んでいた私は、ベッドから体を起こしてケイトのほうに顔を向けた。

「大変！　それならなおのこと、少しだけでも召し上がったほうがいいです」

ケイトは心配げな声音でそう言うと、ベッドに歩いてくる。

「さぁ、アリシアお嬢様。こちらの苺だけでも」

ケイトは、私の体をベッドヘッドのクッションに寄りかからせるように起こして座らせた。

私はケイトが差し出したフォークとお皿を受け取ると、苺の場所を確認する。

「……ケイトは……軽蔑しないの？」

「軽蔑でございますか？」

「ええ、さっきの私、みっともなかったでしょう？　全然冷静ではなかったし、子供みたいだったわ」

寝室でベッドに入ってから、やっぱりカイルに対する自分の態度はあまりにも大人げなかったかと、悶々《もんもん》としていたのだ。

そして、カイルが必死に追いかけてくるのを無視して、さっさと自室に戻る私の姿を見て、ケイトはどう思っただろうか……と少し心配になった。

私は、お皿の上の苺をフォークで転がしながら、ケイトの言葉を待つ。

「先程も言いましたが、そんなことありません。カイル殿下はご自分のお立場がまだお分かりではないようです。あのような噂を放置するなど、考えられません。お嬢様がどれだけ心を痛められるか、想像に難くないはず。それなのに、なにも行動なさらないなんて……お嬢様のお怒りは当然かと思います」

やはりケイトは私の味方でいてくれているみたいだ。一先《ひとま》ず、ほっと安堵《あんど》する。

確かに王都と離れた学校にいたとしても、あの噂を放置していい理由にはならない。

そして、私の様子など公爵家の誰に聞いてもすぐにわかるはずだ。

その上、助けを求めたエミリアさんになんの対応をしないなど……考えられない。

落ち込んでいた私は一転、ムカムカと再び怒りを覚える。

「そうよね。やっぱり私、怒ってもおかしくないわよね？」

そう！　私が落ち込むことないのよ。悪いのはカイルだわ！

カイルの態度が皆に誤解を与えて、噂の原因にもなったのだし、なにより私の不安を駆り立てた。

それなのに、自分にはなんの責任もないと言うのはあまりに酷すぎる。

だから……

私は転がしすぎて柔らかくなった苺にフォークを刺して、勢いよく口に入れた。そして、苺と一緒に自分の中の迷いを呑み込むと高らかに宣言する。

「私、カイルと喧嘩《けんか》するわ！」


「――ケイト、マリア、出かけるわ」

私が授業の支度をして立ち上がると、ケイトがサッとやってきて腕を取った。

マリアの気配がなくなったので、きっと部屋の外の様子を確認しに行ってくれたのだろう。

パパさんがつけてくれた女騎士のマリアは、無口で、必要最低限の会話以外はしない。ケイト曰く、身のこなしは一流らしいので、そこは信用している。

「お嬢様、今日のところは私がお嬢様に防御魔法をかけさせていただきます」

「わかったわ、お願い」

私が答えると、ケイトは私の手をゆっくりと撫でた。

他人へ防御魔法をかける時は、どこかしら体に触れなければならないらしい。

パパさんやママさんは頬に、カイルは手の甲にキスを、ケイトはこうして手を撫でることで、私に防御魔法をかけてくれる。

「終わりました」

ケイトは私の手を離すと、少々お待ちくださいと言って側を離れた。

ケイトとマリアの話し声が聞こえて、安全が確認されてから部屋を出る。

両親には安全に気を付けると約束したが、これは大袈裟ではないかと思っているのは内緒だ。

お陰で、ケイトとマリアがピリピリしていて、気軽に情報収集や証拠集めを頼めない雰囲気なのである。二人の話し声を聞きながら、私は昨夜のことを思い出していた。

カイルとの喧嘩《けんか》宣言をした私は、あの後彼から何度もかかってきた通信には応じなかった。

もちろん彼にこんなことをしたのは、生まれて初めての経験だ。

一晩経って冷静さを取り戻したものの、フツフツとした怒りはなくならず、心に燻《くすぶ》っている。

私だけではなく、エミリアさんをも傷つけていたのだ。簡単に許すことはできない。

「カイルにはもう少し反省して欲しいわ」

二人にカイルとはしばらく別行動を取ることを告げると、ケイトの腕をしっかりと掴んで、初めての授業に向かう。

しかし……

私は女子寮を出てしばらく歩いた後、どうしても我慢できずにケイトに尋ねた。

「ねぇ、ケイト。カイルは来てなかったのかしら？」

「…………ええ、まぁ」

ケイトの微妙な返答に、勝手ではあるが、『本当にいなかったのね』と落ち込んでしまう。

自分で別行動と言ったものの、カイルが迎えに来てくれなかったことに、落胆《らくたん》を隠せなかった。

いつものカイルなら、絶対迎えに来てくれるはずだから。

……あんなに夜、通信してきたのに！

心のどこかで、すぐに謝りに来てくれると思っていたのだ。

勿論、声をかけられたらといって簡単に許すつもりはなかったが、まさか来てもくれないとは。

我ながら勝手だと思うけれど、戸惑ってしまう自分がいる。

今まで喧嘩《けんか》という喧嘩《けんか》をしたことがなかったので、こういった時、どうカイルと向き合えばいいのかわからない。

確かに怒っているし、反省して欲しいが、側にいても欲しいのだ。

なんといっても、初めての学校生活をスタートさせたばかりなので、不安だった。

昨日の今日で怒りも湧くけれど、このままカイルが離れていってしまったら、どうしよう。

「カイル……」

心の中で葛藤《かっとう》しながら、ぽつりと彼の名前を呟く。

「こちらでございます」

私がグルグル考えていると、ケイトが立ち止まり、私の手を取ってドアノブに触らせてくれた。

「ここは？」

「お嬢様が編入されるクラスと聞いております」

ケイトの言葉に、私はごくりと唾《つば》を呑み込んだ。

カイルのことを考えるのは一旦止めて、新しいクラスに集中しよう。

私は一度深呼吸してから、遠慮がちにドアを開けようとした、その時。背後から誰かに呼び止められた。

「アリシア嬢？」

その声は最近何度も聞いて、よく聞き覚えのあるものだった。

「カーライル様？」

私はドアノブから手を離して、カーライルさんの声がしたほうを振り向く。

「ああ、やっぱりアリシア嬢か。一体どうしたんだい？　カイルは？　一緒じゃないの？」

カーライルさんは私の近くまで来ると、矢継早に質問してきた。

「あの……カイルとは喧嘩《けんか》しましたの」

私がバツが悪そうに答えると、カーライルさんは何故か「あぁ、そういうことか」と呟いてから、私の手を取った。

「カイルがいないんじゃしょうがないよね。ここからは、私が従妹《いとこ》姫のエスコートをさせてもらうよ」

「――っ、はい！　よろしくお願いします！」

心細かったのもあったので、カーライルさんの言葉にホッとして、きゅっとカーライルさんの手を握る。そして、深々と頭を下げた。

カーライルさんはブツブツなにかを呟いた。

「うわ！　無自覚なのか？　この笑顔……。あっぶないな！　カイルもしっかりガードしないと、私でもヤバイぞ！」

「あの……なにか？」

「こほんっ。いや、別になんでもないよ」

カーライルさんはどこか取り繕ったように言うと、カイルより少し大股で私をエスコートしてくれた。

きっと、不安そうにしていた私を気遣ってくれたのだ。

確か、従兄《いとこ》のカーライルさんは私と同じ髪や瞳の色を持っていると言われていた。

私にはよくわからないが、私よりも全体的に暗い色合いなので、パッと見は従兄《いとこ》に見えないらしい。

それでも、やはり従兄《いとこ》というだけで心強い。

「アリシア嬢。今日はどちらに行くのかな？」

カーライルさんは優しく尋ねてきた。

「えっと、まずはクラスにご挨拶をと思っておりましたの」

「ああ、だからあそこにいたんだね。でも今日は講堂で朝会があるんだよ。あの教室には誰もいなかったと思うな。エミリアに伝言を頼んだと言っていたけど、聞いてない？」

「エミリアさんが？　ケイトは聞いていて？」

私は、エミリアさんには執行部の部室で話して以来会っていないので、念のためケイトに確認した。

「いいえ」

「そうか、連絡ミスだね。ごめんよ。じゃあ、私のエスコートで申し訳ないけど、講堂まで案内するよ」

「はい！　よろしくお願いします。カーライル様」

満面の笑みをカーライルさんに向けると、彼がくるりとこちらに向きを変えて、私の肩を軽く掴んだ。

……な、なにかしら？

「アリシア嬢、今、手を取っている私が言うのもなんだが、やはりよく知らない相手には気を付けたほうがいいよ。特に君は目が見えないのだから、危険な場所に連れれて行かれてしまうかもしれない」

私は一瞬キョトンとしてから、カーライルさんの発言に笑みを深める。

「まぁ、カーライル様もお父様やカイルと同じことを仰るのですね。ふふっ。私の周りには心配性の方が多いみたいですわ。カーライル様、私の侍女はとても優秀ですのでご安心ください」

「確かにエリックもアリシア嬢の侍女を褒めていたよ。ただ、私の母上も君のことは大変心配していたから、気を付けてくれると嬉しいよ」

「まぁ、叔母様が？　わかりましたわ」

私はしばらく会っていない叔母が気にかけてくれたことが嬉しくて、少し声を弾ませる。すると、何故か、カーライルさんがため息を吐いた。

「まぁ、これからは私もアリシア嬢を心配する一人になりそうだよ」

「え？」

「アリシア嬢、従兄《いとこ》だからこそ言わせてもらうけど、君は少し、なんというか、世間知らずなところがあるよ。気を付けないとね」

私は、パパさんと同じことを言うカーライルさんに、ぷっと噴き出してしまう。

なんだかとっても話し易い。

本当にパパさんと話しているみたい！

そして、私はパパさんに話すように、今の悩みをカーライルさんに打ち明けたのだった。

「あの、カーライル様は、その、喧嘩《けんか》をしたことはございますか？」

「喧嘩《けんか》かい？」

「はい、お恥ずかしい話、昨日カイルと初めて喧嘩《けんか》しましたの」

「初めての喧嘩《けんか》か……」

「それで、その、この場合どのようにすればいいのかがわからないのです。確かに、カイルには反省して欲しいし、謝って欲しいのですが……側にもいて欲しいのです。仲直りって、どうすればいいのでしょうか？」

私は、前世も含めて喧嘩《けんか》をあまりしたことがなかったので、カーライルさんにアドバイスを求める。

「なるほどね。その喧嘩《けんか》は、全面的にカイルが悪いということかい？　アリシア嬢は全く悪くないのかな？」

私は、カーライルさんの言葉にハッと息を呑んだ。

確かに、カイルが悪いとばかり考えていたが、私は全く悪くないのだろうか？

「私は……」

「まずは、そこから考えてみたらどうだろう？　喧嘩《けんか》というのは一方的な場合もあるが、ほとんどの場合は双方に原因があるよ。お互いに冷静になって、自分自身の悪いところをしっかりと自覚できれば、自然と仲直りできるはずだよ」

「そう……なのですね。わかりましたわ！　ありがとうございます」

私はカーライルさんの言葉を頭の中で反芻《はんすう》しながら、心を込めてお礼を言った。

カーライルさんは講堂に着くと、私を席までエスコートしてくれた。彼はこの後、執行部の面々が待つ席に行くらしい。

私は、カーライルさんに改めてお礼を言ってから席に座った。

私には少し冷静に考える時間が必要だ。

カーライルさんに言われたことを、もう一度頭に思い浮かべる。

私はカイルの話をちゃんと聞いたかしら？

エミリアさんの事情を確認したかしら？

そもそも王都の噂のことをカイルに相談しなかったのは、私なのだ。

色々考えていると、ふと周囲の声が耳に入った。

いけない！　そうだわ、これから朝会が始まるのよ！　集中しなきゃ。

そう気合を入れて、私はしっかりと前を見つめた。

「目が見えないんですって！」

「可哀想だけど、凄《すご》い我が儘なんでしょう？」

「流石《さすが》ホースタイン公爵家のお嬢様よね」

「もう少しお優しい方だと思っていたわ！　エミリアさんのような女性が相手なら、カイル殿下も報われるわよねぇ」

一人座っていると、私の周りから心無い声が聞こえてきた。

彼女達があえて聞こえるように言っているのか、それとも私の耳がよすぎるのかわからないが、明らかなのは私があまり歓迎されていないという事実だった。

しかし、私はどこからともなく聞こえてくる中傷に逃げることなく、しっかりと耳を傾けた。

やはり噂のことをきちんと聞いておきたかったし、犯人捜しにも情報は必要だ。

なにかきっかけとなるような言葉がないか、注意深く聞く。

心無い声の中には、王都のお茶会でもよく耳にしていた令嬢のものがいくつか混ざっている。

あの人達はきっといつまでも変わらないのね。

ただ、残念なことに聞こえてくるのは私への中傷ばかりで、噂の出所《でどころ》や襲撃事件のこと、更には、カイルやエミリアさんのことはどこからも聞こえてこなかった。

私は、今まで、あまり社交に力を入れてこなかったことを反省していた。

無意識の内に、どうせ公爵家から出ないし、カイルがお婿《むこ》さんに来てくれるし、目も見えないし……と自分に甘くなっていたのだ。

公爵家の令嬢であれば、沢山の人に囲まれていてもおかしくないのに、私には友達もいない。

私の世界は両親とカイル、それと使用人だけ。

だから、こういう場面では一人になってしまう。でも、これは私が成長するチャンスかもしれない、とも思えた。

カイルと喧嘩《けんか》したのは悲しいけれど、これを機に少しは自分の世界を広げられるように頑張ろう。

そして、私とカイルの関係も、もう少し客観的に判断できるようにしたい。

それに、この学校にいる間、色々なことができるはずよ。

今の私は、前世の経験と常識に囚われがちだからそれは改善したい。

今世には今世の考え方や感じ方がきっとあるはず！

それに、今世で同年代と全く関わってこなかった私には、その基準となるべきものが全くないのも問題なのだ。

これでは、また前世に引っ張られた言動を取って、周りに不審がられるかもしれない。

私は自分の見聞を広めなければと、決意を新たに顔をあげる。

そのためにまずは友達を作ろうと、ひそかに心を決めた。

「ちょっと！　いい加減にしなさい。朝会が始まりますよ」

その時、私を中傷していた令嬢達をぴしゃりと窘《たしな》める女生徒の声が聞こえた。

初めて聞く声だったので、私が行くお茶会にはいなかったはずだ。

一度聞いた声は大体覚えている。

伯爵家以上の家の令嬢が一堂に会するお茶会に参加した際、この声の持ち主と挨拶した覚えがない。

どちらの家の方なのだろう？

「大丈夫ですか？」

その時、突然すぐ近くから話しかけられ、私はビクッと肩を跳ねさせた。

「ああ！　すみませんでした。突然声をおかけしてしまって……驚かれましたよね」

その声は先程の女生徒の声とは違うものだったが、優しげな雰囲気を醸《かも》し出している。

「あ、いえ、大丈夫ですわ」

私は慌てて返事をした。

「私はナタリー・サラマナカです。一度お茶会でご一緒させていただいたのですが、覚えていらっしゃいますか？」

確かにその声には聞き覚えがあった。

私は頭の中の貴族名鑑を超光速でめくった。

サラマナカ侯爵家の方かしら？

多くの学者を輩出している学問に秀でた一族だったはずだわ。

初めてのお茶会で、ママさんに紹介された方ね。

ママさんが自ら紹介してくれたということは、信頼できる家の方のはず。

私は彼女に向かってにっこりと笑みを浮かべた。

「サラマナカ侯爵家のナタリー様ですわね。お久しぶりでございます」

「私こそ、ご挨拶が遅れて申し訳ございません。なんというか……その……どのようにお声掛けすればよろしいのか迷ってしまいまして」

盲目の人間に、どう接すればよいのかわからないということだろう。

その気持ちも理解できるし、きちんと伝えてくれるだけ好感が持てる。

私はナタリーさんに柔らかく微笑んだ。

「そうですよね。でも、普通に話しかけていただけると、とても嬉しいです」

「突然話しかけられると、驚かれませんか？」

「驚くとは思いますが、なにも言われずに気配だけ感じるほうが怖いのです。目が見えないことで、匂いや音にはどうしても敏感ですの」

「そうなんですね。前にご挨拶させていただいたお茶会でも、もっとアリシア様とお話ししてみたかったのですが、無礼になってしまったらと思って……。実は、アリシア様が編入していらっしゃると聞いて、楽しみにしていたんですの」

優しくそう言ってくれるナタリーさんに、自然と笑みが深まる。

「まぁ嬉しいですわ。ナタリー様とお呼びしてもよろしくて？」

「勿論です。我がサラマナカ家は学問に特化しておりまして、アリシア様はこれまで耳だけで学習されてきて、既にかなりの知識をお持ちだと伺っておりました。ですから、是非、お話ししてみたかったのです」

ナタリーさんとはお友達になれそうだと、胸が弾む。

「光栄ですわ。知識は全て頭の中に納めておりますの。ただ、本は侍女が読み上げ魔法を使ってくれますので、そちらで聞いております」

「やはり聞いただけで覚えていらっしゃるのですね。素晴らしいですわ。もし、よろしければ、今日の午後、私の友人達とのお茶会にいらっしゃいませんか？　私だけではなく、友人達もお話ししたいと言っておりますの」

私は早速のお誘いに嬉しくなって頷いた。

「もちろんですわ。よろしくお願いします。ただ、私は目が見えませんので、詳細はこちらの侍女に教えていただけると助かります。ケイト？」

私が呼ぶと、後ろで控えていたケイトがさっと近寄ってくる。

「はい、お嬢様。ナタリー様、後程場所や時間について確認させてくださいませ」

「わかりました。サラ、こちらの方に今日のお茶会の詳細を伝えて頂戴」

「はい、かしこまりました。ナタリー様」

侍女同士で話が進む中、ナタリーさんが遠慮がちに話しかけてきた。

「あの……アリシア様。私の友人の中には下位貴族の方も多くて……大丈夫でしょうか？　皆優秀なのですが、気にされるようでしたら、申し訳ないと思いましたの」

「？　私は全く気になりません。大丈夫ですわ」

「あっ、そうなのですね。噂では身分に厳しい方だと伺っておりましたので。不躾なことを伺って申し訳ございませんでした」

ナタリーさんは安堵《あんど》した様子で、ふふふっと軽やかに笑った。


～・～◆アリシアとお友達◆～・～


「ケイト？　おかしくないかしら？」

私は今、ナタリーさんから誘われたお茶会に出席するための準備をしていた。

今まで友達なんていなかったから、友達同士のお茶会には、どんな格好で行けばいいのかもわからないのだ。

いつもはケイトにお任せで、特に気にもしていなかったが、流石《さすが》に友達（仮）との初めてのお茶会。ドレスもどんな色で、どんな形なのかを確認したかった。

はっきり言って、カイルに会う時よりも緊張しているくらい。

そうして、ようやくドレスを決めた私は、緊張でガッチガチの体をなんとか動かしてケイトに確認した。

「どうかしら？」

「大丈夫でございますよ。可愛らしく、美しく、派手でも、地味でもなく完璧な服装でございます」

ケイトの自信に満ちた言葉でやっと安心した私は、早速出かけようとドアに向かった。

すると、女性にしては力強い手がサッと伸びてきて私を止めた。

「お嬢様。まだまだ時間がございますので、もう少しお待ちください。あまりにも早く伺うのはマナー違反となります」

「え？　そうなの？　ありがとう、マリア」

私がそう言うと、マリアは手を引いてドアの前に戻ったようだ。

前世の五分前行動が、すっかり身に染みついている自分に笑ってしまう。

「そうそう、その笑顔でございます。その笑顔があれば、どんなお方もお嬢様をお好きになられます」

「ケイトったら、買い被りすぎよ。でも、そう言ってもらえると嬉しいわ。お茶とかお菓子とかこぼしてしまったら、どうしようかしら？　恥ずかしいわ」

「その時は、私がしっかりとサポートさせていただきますのでご安心ください」

「ありがとう。ケイト」

準備や確認に忙しく動き回っているケイトとマリアの気配を感じながら、私は一旦落ち着くと今朝カーライルさんに言われたことを考えていた。

カイルのしたことに対して怒っているし、ケイトも彼が悪いと言っていた。でも、私は本当になにも悪くないのだろうか？

昨日からの自分の言動を回顧して、冷静になった頭で考えた。

――私はカイルの話を聞いただろうか？

自分の気持ちを十分過ぎる程ぶつけて、その結果としてカイルに怒った。

だけど、私はカイルがなにか言おうとしていたのを、きちんと聞いたかと尋ねられたら……「いいえ」としか答えられない。

それはどう考えてもフェアじゃない。

カイルはなにかを一生懸命伝えようとしていたのに、私は聞く耳を持たなかった。

「これでは、王都の噂についてなにも知らない振りをしたカイルと同じだわ」

私はガックリと肩を落とした。

やっぱり、今回のカーライルさんのように、この世界で常識や考えをアドバイスしてくれる人が沢山欲しい。

それに、お友達ができれば恋バナだって相談できるわ！

「アリシア様、お時間です」

すっかり一人の世界に浸たっていた私は、やっとケイトから呼ばれて、指定された部屋にやってきた。

ここは学生であればいつでも予約できる応接室の一つで、今日はナタリーさん主催のお茶会会場として使用されていた。

「ナタリー様？」

私はケイトに手を引かれて、ナタリーさんのもとに連れて行ってもらう。

「アリシア様、ようこそお越しくださいました」

「お招きありがとうございます。ナタリー様」

私はナタリーさんのほうに向かって、淑女《しゅくじょ》の礼を取った。

すると、周りからほぅっとため息が聞こえてくる。

「ナ、ナタリー様、あの……」

「ああ、お気になさらないでください。アリシア様の礼があまりに優雅で、皆見惚れてしまったのですわ」

「え？　そんな、ありがとうございます」

「さあ、皆をご紹介させていただきますわ。こちらへどうぞ」

ナタリーさんはそう言うと、私の手を取って、自分の肘《ひじ》に添えてくれた。

私はナタリーさんの優しさに、嬉しくなり笑みを浮かべる。

ナタリーさんはきっと盲目の私のために、どうすれば上手くアテンドできるのかを、きちんと勉強してくれていたのだ。

手を繋《つな》ぐでも、引くでもなく、自らの肘《ひじ》に私の手を添えさせてくれたことでよくわかった。

「あの、ナタリー様、ありがとうございます」

「え？」

「とても安心して歩き易いですわ」

ナタリー様は歩みを止めて、私の言葉に柔らかく声をあげた。

「お役に立ててよかったですわ。ただ、急いで調べたことなので、間違っていたらすみません」

「そのお気持ちだけで、私はとても嬉しいです」

私が素直にお礼を言うと、ナタリーさんはピタリと止まって、独り言のように囁《ささや》いた。

「本当に、噂とはいい加減なものなのですね。アリシア様がこんなに素直で可愛らしい方だとは思いませんでした。噂では我が儘で傲慢《ごうまん》で……後なんだったかしら？　とにかく凄《すご》く嫌な方としか伺っておりませんでしたわ」

「まぁそんな噂が？」

ナタリーさんのもとまで、しっかり例の噂は伝わっているみたいだ。エミリアさんの言っていたこの噂についても、改めて調査が必要だろう。

「はい。でも、きっと今日のこの場で、その噂がデタラメであると、皆気付くと思いますわ」

そう言うとナタリーさんは再び歩き出して、数人の気配がするほうへと、私を連れて行ってくれた。

「皆さま、今日のお茶会のスペシャルゲストがいらっしゃいましたわ」

ナタリーさんは立ち止まると、私の背中に手を添えた。

「ホースタイン公爵家のアリシア様です」

ナタリーさんの紹介の後、私は一歩前に出てから、軽く礼を取って自己紹介をする。

「皆さま、初めまして。アリシア・ホースタインです。見ての通り目が見えず、皆さまにご迷惑やご心配をおかけするかもしれませんが、仲良くしていただけたら嬉しいです。よろしくお願いいたします」

私はケイトお墨付きの笑顔を皆に向ける。隣に立つナタリーさんから、微かに息を呑む音が聞こえた。

「ア、アリシア様、それでは私のほうから、ここにいらっしゃる方々をご紹介させていただきますわ。まず、こちらから一番右にいらっしゃるのがサマンサ・アコヒート様です。そのお隣がマチルダ・サムスター様、そのお隣がイザベラ・ナンヒツキ様です」

「アリシア様、初めまして。私はアコヒート伯爵が娘サマンサでございます。よろしくお願いいたします」

「私はサムスター男爵が娘マチルダです。お見知り置きを」

「私はイザベラです。父は王宮図書館の館長をしております」

私は三人の声をよく聞いて、しっかりと記憶した。そして、この中に、今朝私を中傷していた令嬢達を窘《たしな》めていた女生徒の声が混ざっていることに気が付いた。

二番目に話したマチルダさんだ。

「さぁ、立ち話もなんですから座ってお話しいたしましょう」

ナタリーさんの声に皆が席に着く。

私のところにもケイトがスッとやってきて、座らせてくれた。

その時、大体のお茶とお菓子の配置や種類を耳打ちするのを忘れないところがケイトらしい。

「アリシア様はどのような本を読まれるのですか？」

ある程度、皆の近況や学校についての話が終わった頃、サマンサさんが私に質問した。

どうも、この集まりは本や勉強、女性にしては珍しく政治や経済などについて、意見交換することが目的のお茶会のようだった。

マチルダさん始め、皆さんとても知的で本が好きで、好奇心旺盛《おうせい》な人達ばかりだ。ナタリーさんの誘いを受けてよかった。

皆さんから、私の勉強法や好きな本、その感想などについての質問が続く。

「そうですね。今はどちらかというと恋愛の物語を聞いております」

「「「まぁ！」」」

「やはりカイル殿下のことでしょうか？」

皆、興味津々といった雰囲気だ。

私は素直に、今思っていることを伝えた。

「この通り私は目が見えないので、どうしても家族以外の人と関わる機会が限られてしまって……

人生経験が普通の方に比べて足りないのではないかと、不安なのです。だから、恋愛モノの本も、私にとっては勉強ですの」

私は熱くなった頬に手を当てて、自分が恋愛初心者であることを思い切って打ち明けてみる。すると、一瞬の静寂《せいじゃく》の後——

「「「きゃー！　可愛らしいわ！」」」

「一体誰なの!?　アリシア様が悪女だと言っていたのは!!」

「我が儘で意地悪だなんて酷い噂だわ!!」

「本で恋愛のお勉強だなんて！　なんて愛らしい方なの」

マチルダさん以外の三人はキャーキャーと盛り上がっている。

そんな三人の声を聞きながら、私は恥ずかしくて死にそうだった。

やっぱり言わなければよかったかも。恋愛のお勉強だなんて、子供っぽかったかしら？

「アリシア様は、素直で優しい方なのですね。あの子達が言ってたのと全然違うわ」

私の耳にマチルダさんの呟きが聞こえた。

多分独り言なのだろうが、無駄にいい私の耳は聞き取ってしまった。

「マチルダさん？」

「ああ、すみません。聞こえてしまいましたか？　実は、朝会でも、アリシア様を貶《おとし》める発言をしていた方が多くおりましたの。聞くに耐えなかったので、注意したのですが、どうもそのような噂を故意に流している者がいるみたいです」

「え？」

「まだ、確証を得られていないので、名前は言えませんが、数人がアリシア様の評判を落とすためにしているようです。私も今日この場でお会いしていなかったら、半分くらいは信じていたかもしれません」

マチルダさんの言葉に、私は肩を落とす。

「そうなのですね。でも、一体誰が？　何故？」

「私にもわかりませんが、確認してみます。そういうのは得意ですの」

マチルダさんはそう言ってくれたが、彼女が危険な目に遭うのは嫌だ。

自分が襲われてその怖さを思い知ったからこそ、他の誰にもあの気持ちを味わって欲しくなかった。

私はマチルダさんのほうに顔を向けて、真剣に言った。

「マチルダさん、お気持ちは嬉しいですが、危ないですわ。私に対する誹謗《ひぼう》中傷については、気にしておりません。社交を疎《おろそ》かにしていた私にも非があるのですもの」

ゆるゆると首を横に振りながらそう言うと、皆さんから次々と言葉が飛ぶ。

「そんな！　アリシア様、真実でないことはきちんと否定しなければなりませんわ」

「そうですわ。それに、マチルダさんのお父様は、騎士団の副団長ですの。マチルダさんも剣がお得意で、とても強いのです」

マチルダさんが剣技を嗜《たしな》んでいるということに驚いた私は、ぱちぱちと目を瞬《しばた》かせた。

「まぁ、凄《すご》いですわ。でも、本当に危ない真似はおやめになってくださいだって……」

そこまで言うと、私は言葉を一旦止めて立ち上がり、一大決心して言った。

「は、初めてのお友達が、私のせいで怪我をするなんて、嫌なのです！」

一瞬、場が沈黙に包まれた。

やっぱり会ったばかりで友達とか、図々しかったかな？

今の言葉を取り消そうとした、その時、ぐっと手を握られた。

「なんて、なんて、なんて、なんて、なんて……可愛らしい方なの！」

ナタリーさんが叫ぶと、もう一方の手も取られる。

「アリシア様、嬉しいですわ。私、アリシア様が大好きになりました！」

サマンサさんが少し興奮した様子で続く。

「もう、可愛らしくて堪《たま》りません」

「そうです。もっと我が儘でもいいくらいです」

イザベラさんとマチルダさんも、私に優しい言葉をくれる。

私は嬉しくて、少し涙目になったまま、勇気を出してもう一度聞いてみた。

「皆様、私とお友達になってくださる？」

「「「もちろんです!!」」」

皆さんが声を揃えて叫び、自然と頬が緩《ゆる》んでいく。

……私、お友達ができました！

バサッと音を立てて、手にしようとした本が床に落ちた。

「あっ、ごめんなさい」

私は今、お友達のイザベラさんに誘われて、学校の図書館に来ていた。

イザベラさんのパパさんは、王宮図書館の館長さんなので、イザベラさん本人もかなりの本好きらしい。

私のお友達宣言から、あの四人はこうしてよく色々な場所に誘ってくれる。どうしても引きこもりがちになってしまう私には、ありがたい存在だ。

カイルとの仲はあまり進展もなく、喧嘩《けんか》したまま一週間も経ってしまった。彼と話すべきだとは思うが、きっかけが掴めないのだ。

そろそろカイルと話がしたい……

そんなことを考えていたら、イザベラさんが選んでくれた本を渡してもらう時に、落としてしまったのである。

「いいんですよ。私がきちんとお渡しできなかっただけですから」

イザベラさんはそう言って、私が落とした本を拾ってくれる。

「はい、こちらです」

イザベラさんは私の手を取り、今度はしっかりと握らせてくれた。

「ありがとうございます、イザベラさん」

「とんでもありません。アリシア様に私のお勧めの本を選ぶのはとても楽しいですわ。むしろ、アリシア様はどんなジャンルの本でも読みこなしてしまいますから、頭が下がります」

私はイザベラさんに手を引かれて歩きながら、今渡された本について尋ねた。

「こちらの本はどのような内容ですの？」

すると、イザベラさんは私の耳元に顔を寄せ、声を潜めて言う。

「こちらはアリシア様に特別お勧めの恋愛ものです！」

「まぁ！」

「王子様との恋のお話なんです。きっとお役に立ちますわ」

悪戯《いたずら》っぽく言うイザベラさんに、顔が火を噴くように熱くなるのを感じた。だが、イザベラさんから見ても、今の私達は上手くいってないことは明白みたいだ。

恋愛初心者の私には、喧嘩《けんか》した時の話しかけ方も、謝り方もわからない。

恋愛ものの本でも読んだが、こういう時に私だけが謝るのもいけないらしい。確かにカイルにも悪い部分があるのは事実。

カイルときちんと話したい。

私が何故怒ったのかもわかって欲しい。

ここで有耶無耶《うやむや》にしてしまったら、もう二度とカイルと本当の意味で向き合えないと思っていた。

「イザベラさん、ありがとうございます。私、カイルとどうしたら仲直りできるのかわからないのです。ただ、仲直りするためだけに、謝るのは違うと思います。お互いに想いを伝えられる……そんな関係でいたいのです」

私が本を抱きしめて、イザベラさんに弱音を吐くと、彼女はそっと私の肩を抱いた。

「アリシア様、一ついいことを教えて差し上げますわ」

「いいこと？」

キョトンとしながらイザベラさんの言葉を繰り返す。すると、彼女は小さく笑った。

「ええ、実は私、この一週間、何度も同じ視線を感じているのです。そこにはいつも、何気ない風を装って椅子にお座りになり、本をめくるカイル殿下がいらっしゃるのですわ。アリシア様と友達となってから、学校内の色々な場所に行きましたでしょう？　庭園や食堂やこの図書館に来るたびに、必ずと言っていいほど殿下に遭遇しておりますわ」

「え？　カイルが？」

「はい。場所を移動しても、必ず遠くからついていらっしゃいます。でも、決して話しかけずに、ただ黙ってアリシア様を見つめていらっしゃるのです」

「カイルが、いつも見守ってくれているの……」

私が顔を俯《うつむ》けて呟くと、イザベラさんはトントンと私の肩を叩いた。

「でも……私からしますと軽いストーカーのようですわ」

そう呆れたように言ったイザベラさんは、私の耳元で囁《ささや》いた。

「それに……今もいらっしゃいますわ」

——カイルがいる！

それだけで私の胸は高鳴った。

「私……カイルと……話がしたいのです」

私の小さな声にイザベラさんは優しく答えた。

「そうですわね。きっとカイル殿下も、話しかけるタイミングを得られずにいらっしゃるのだと思いますわ」

その言葉を聞いた私は、イザベラさんにぐっと顔を近づけた。

「イザベラさん、あの、もう大丈夫ですから、私を一人にしていただけるかしら？」

「え？　でも、侍女が待っている図書館の前までご案内いたしますよ？」

「えっと、その、もし、私が一人になったら……カイルが来てくれるのではないかと思いますの。カイルはそういう人だから」

「なるほど、わかりました。では、私は先に失礼いたしますわ。一応アリシア様の侍女には言付けますね」

「はい、ありがとうございます」

イザベラさんは、少し不安そうに私の手を離すと、そのままゆっくりと立ち去った。

カイルなら一人になった私を放置するはずがない。

するとイザベラさんが去ってすぐに、誰かに優しく手を取られた。

私はこの手を知っている！

子供の頃からずっと握りしめてきたのだ。忘れるはずがない。

「えっと、カイル？　カイルなのでしょう？」

私の言葉を肯定するように、手がギュッと握られた。

「……色々とごめん。アリシア……少しいいかな？」

久しぶりに聞くカイルの声に、私は泣きそうになった。

お友達ができても。

楽しく皆で話していても。

嬉しいことがあっても……

この一週間、ずっとなにかが足りなかったし、寂しかった。

私は、自然とカイルの声に頷いた。

私とカイルは、図書館の隣にある庭園のガゼボまで歩いて移動した。

その間、二人とも一言も話さなかったが、手はしっかりと握られたままだ。

ガゼボは、庭園の奥まったところにあるらしく、春の花の香りが風と共に吹き抜けていく。私はその香りを胸一杯に吸い込んで、久しぶりにカイルと話す緊張を和らげようとした。

しばらく二人で歩いているとガゼボに到着した。

私をベンチに座らせると、カイルは護衛達を下がらせて、私の目の前に立つ。

そのまま時が止まったような沈黙が過ぎる。

なにかしら？

怒られるとか？

不安に思っていると、突然カイルが地面に膝をつく音が聴こえた。カイルが跪《ひざまず》いたようだ。そして、カイルは私の手を取り、額にピタリと当てる。

「カイル?」

「アリシア、君の苦しみも、怒りも、僕の不甲斐なさも、思慮のなさも、全てとは言わないが、できうる限り理解するようにこの一週間を過ごしたよ。君が怒るのは当然だと今ならわかる。僕は自分の行動が、どのように受け止められるのかを考えていなかった大馬鹿者であることも自覚している。君が王都で苦しみ、悩み、それでも僕に会いに来てくれたことに、最大の感謝を捧げるよ。そして、そんな君を勝手に誤解して、心無い言葉で傷つけてしまった。僕は、自分を殴り飛ばしたいくらいだ。本当は、この噂や君が襲われた事件の真相がわかるまで、君に話しかける資格がないのだけど……君が一人でいるのを見てしまうと耐えられなくて、手を取ってしまった」

そう言ってカイルは、私の手を更に強く額に当てた。

「君に許してくれとは言えないが、僕が君への忠誠を誓うことを許して欲しい。君に軽蔑されようと、君を想うことをやめることはできない。どうか僕の忠誠を受け取って」

私はこの言葉に衝撃を受けた。

最近読んでもらった騎士についての本で、この言葉を聞いたばかりだったのだ。

たしかこれは『騎士の誓い』といって、男性が一生のうちに一度だけ、たった一人に捧げることができるはずだ。

通常であればこの誓いは国王様に捧げられるもの。

特に王族から臣下に下るカイルは、絶対に兄に捧げなければならない。

それを、今、私に捧げると言った？

「カ、カイル？　その誓いは騎士の誓いとは別よね？」

私は恐る恐る尋ねた。

「同じだよ、アリシア。僕の一生に一度の忠誠を君に捧げたいんだ」

「でも、王太子様に捧げなければならないんじゃ……」

「ああ、わかっている。でも、僕は君に捧げたい。兄上もきっと許してくださる」

私は、真剣なカイルの声に彼の本気を感じ取る。

確かにカイルの言葉は、とても嬉しい。

誓いを捧げるということは、真実を捧げるということなので、もう二度とカイルは私に嘘が吐けなくなる。

そして、私がカイルを必要としたら、彼はなにを置いても、私のところに駆けつけなければならない。

ある意味、強力な主従関係で拘束するのだ。

でも、私はそれを望んでいない。彼とは対等でいたかった。

今回の喧嘩《けんか》は辛かったが、それは対等な関係であるからこそできることなのだ。

不満があれば、ぶつけ合ったり、仲直りしたり、また喧嘩《けんか》したりしたい。

「カイル、気持ちはとても嬉しいわ。でも、私はカイルとはフラットな関係でいたいの」

「——アリシア」

「確かに、私はカイルに自分の気持ちを理解して欲しかったの。でも、私にはどうすればいいのかがわからなかった。この前は、怒りや不満を全てカイルにぶつけてしまったわ。ああなる前にカイルに噂で嫌な思いをしてるってちゃんと伝えればよかったの。それに貴方の話をもっとしっかり聞くべきだったわ」

私が涙声になりながら一気に言うと、カイルは小さく息を呑んだ。

「……ありがとう、アリシア。でも、今回の件は僕に全ての非がある。僕がアリシアの立場だったなら、きっと死人が出ていたよ」

私はうんうんと頷いたが、カイルの物騒《ぶっそう》な台詞《せりふ》に「えっ⁉」と聞き返した。

「……死人？」

「ああ、もし君が噂の男と仲睦《なかむつ》まじくしていたら、その男を切り捨てる自信があるよ」

——っ怖！

「えっと、今回は、お互いに悪いところがあったということで、仲直りしない？」

「アリシア、君はそれでいいのかい？」

「ええ」

私は手をカイルの額から外すと、そのまま彼の首に回してガバッと抱きついた。

カイルは突然抱きついてきた私を支えきれず、私を抱いたまま後ろに倒れ込んだ。

「イテッ」

カイルの背中が、ゴツゴツした地面に当たったみたいだが、その手が私から離れることはなかった。

それどころか、カイルは私をしっかりと抱きしめ、腕の力をさらに強める。

私はその腕の力強さを感じながら、絶対にカイルは、私を包む手を離すことはないだろうと確信した。

もちろん、これからも行き違いや誤解が生じて喧嘩《けんか》もすると思う。それでもきっと彼はこの腕で私を抱きしめることをやめない。

今はそれだけで十分だ。

この一週間、心の中に渦巻いていた負の感情がスーッと溶けていく。

もう虚勢を張る必要も、喧嘩《けんか》を続ける必要もないのだ。何故ならカイルはここにいて、私をしっかりと抱きしめている。

私は、カイルの首から顔を上げて、精一杯の言葉を紡《つむ》いだ。

「また、いつものカイルに戻ってくれる？　また、一緒にいてくれる？　私を許してくれる？」

私がそう言うと、カイルは寝転がったまま、私を更に抱きしめた。

「もちろんだ。本当にごめんよ、アリシア。君をいつもいつでも一番大切だと思っているんだ！」

私は、カイルの首に抱きついたまま頷いた。

その時、爽やかな花の香りを伴った風が、私達の上を吹き抜けた。

やっと、私達の初めての喧嘩《けんか》が終わったのだ。

風でさえ、そのことを祝福しているようだ。

私達はしばらく寝転んだまま抱き合っていたが、ふと我に返って気恥ずかしくなり、そそくさと体を離した。そして、今度は隣同士にベンチに腰を下ろす。

私は離れていた一週間の出来事を話したくてたまらなかった。

「カイル、私カイルに話したいことがたくさんあるの！　聞いてくれる？」

「もちろんだよ、アリシア。僕も君の話が聞きたい」

そういうとカイルは私の手をギュッと握った。

私は、久しぶりに心からの笑顔をカイルに向けた。

「うっ！」

「え？　どうしたの？　カイル？」

「あ、いや、久々だと威力が凄《すご》いなっと。なんでもないよ。それよりなにかあったのかい？」

「私、お友達ができたの！」

「そ、そうなんだー。よかったじゃないかー」

カイルの棒読み口調が気にはなったが、話したいことがありすぎて、言葉を止めることができない。

カイルと喧嘩《けんか》して悲しかったこと。

カーライルさんにアドバイスしてもらったこと。

お友達ができたこと。

一生懸命に最近起こったことをカイルに話して聞かせた。

「アリシア……。やっぱり君と話していると安心するし、嬉しくて仕方がないよ。実を言うと喧嘩《けんか》した次の日の朝、君のことを待っていたんだ。カーライルから王都で僕とエミリアが噂になっていることを聞いたんだよ。だから、すぐに謝ろうと思って」

「え？　でも、ケイトは誰もいなかったって……」

「ああ、僕がそうしてもらったんだよ。君の傷ついた姿を見て、謝るだけで終わりにしようとした自分が恥ずかしくなったんだ。君に会う前にやるべくことをやろうと心に決めてね。本当ならまだ、全てが終わった訳じゃないから話しかけるべきではなかったのかもしれないけど……」

「ううん、そんなことないわ。私もカイルと話がしたかったの。とっても寂しかったのよ」

「それでも、僕はこの噂がどこから、誰が、なんのために流したのかを突き止めてからにしようと思っていたんだ。エリックにも調査を協力してもらって、王都の噂は事実無根だと否定したよ」

「そうだったのね……。そういえば、お友達になったマチルダさんも悪意ある噂を広めた犯人を捕まえると言っていたわ。危ない真似はして欲しくないけれど……」

「ああ、それなら大丈夫だよ。マチルダ嬢の安全はエリックが保証するさ」

私が不安を抱えながら告げると、カイルはさらっとそう返した。

何故、マチルダさんのことにエリックさんが関係するのだろう？

不思議に思って尋ねる。

「エリック様が？　どうして？」

「あれ？　聞いてない？　マチルダ嬢はエリックの婚約者で、噂の調査もエリックと一緒にやることにしたようだよ」

「まぁ！　そうだったのね。お二人ともお父様が騎士団の騎士様だものね。気付かなかったわ」

説明を聞いた私は、「よかった」と言って肩の力を抜いた。

「なにか他に気になることはある？」

そう優しく言うカイルに、私はずっと心に引っかかっていたことを思い切って問うことにした。

「私……カイルに聞きたいことがあるの」

「なんでも聞いておくれ」

「あの……どうして、どうして、王都の噂のことを知っていたのに、なにもしないでいたの？　私もエミリアさんもそれで凄《すご》く傷ついたの」

遠慮がちに尋ねると、カイルは戸惑った様子で答えた。

「え？　いや……？　さっきも言ったけど、王都の噂は恥ずかしながら、アリシアとの喧嘩《けんか》の後にカーライルから聞いたんだ」

「喧嘩《けんか》の後？」

「そうだよ。だから、喧嘩《けんか》した夜に謝ろうと通信も鳴らしたし、寮の前で待ってもいたんだ。声はかけられなかったけどね」

「え？　カイルは随分前にエミリアさんからその話を聞いたけど、大したことないって、なにもしなかったんじゃないの？」

「そんな馬鹿な！　知らなかった僕が勿論一番悪いが、もし事前に知っていたら、すぐに否定するし、あんなに広まるまで放置しない！」

困惑を隠せないまま尋ねる私に、カイルはそう声を張り上げた。

私の頭の中にクエスチョンマークが大量に浮かぶ。

エミリアさんの話と全然違う……

エミリアさんは、カイルがなにもしてくれないと泣いていたんじゃないの？

一体どういうこと？

その時、エミリアさんの腕を触った際、自分が押したスタンプの痕跡を感じたことを思い出した。

確かにエミリアさんは襲撃の犯人候補ではあるけれど、その後の言動でやっぱり勘違いだったのだと思っていた。

あんなに親切で、優しくて、可愛らしいエミリアさんをどうしても犯人とは思えなかったのだ。

「私が一番怒っていたのは、カイルが噂を知っていたのに放置したことなのよ。エミリアさんもそれにとっても傷ついたと言っていたの。それなのに、カイルは知らなかったの？　あの、じゃあ、カイルは何故、喧嘩《けんか》した時に自分のせいじゃないと言ったの？」

「それは、その時、話していたのは学校で広まっているアリシアについての噂だと思ったんだよ。エミリアも学校の噂のことを話していたし……。学校の噂には一切関知していないから、そう言ったまでなんだ。そこが僕も不思議だった。どうして僕達は行き違ってしまったんだろう？」

「……そう。カイルは……知らなかったの……」

カイルの告白に、それ以上返す言葉が見つからない。

何故、私達は別々の噂について話したのか？

何故、私達は喧嘩《けんか》してしまったのか？

何故、何故、何故？

「本当に信じてほしい。僕は君が傷つくようなことは絶対に放置なんかしない！」

その間も、カイルは何度も信じてくれと私の手をギュッと握る。

そんなカイルの必死な様子に私は更に首を傾げる。

「じゃあ、私たちはお互いに違う噂について話して喧嘩《けんか》していたの？」

「ああ、そうらしいね。僕ももう誤解がないようにちゃんと話すよ。実は……直前にエミリアからアリシアについての学校の噂で、その、誤解があるようなことを言われたんだ。それで、てっきりアリシアもその噂について話していると思い込んでしまったんだよ」

「エミリアさんが？　なんて言っていたの？」

「え？　確か君が学校の噂を流したのはエミリアだと責め立てたと言っていて……。慌てて僕はアリシアに確認しに行ったんだ。だから、君もてっきり学校での噂を話していると思って」

カイルの告白に私は思わず息を呑む。そして、ゆっくりと口を開いた。

「カイル……。私達は色々と確認しなくてはいけないのかもしれないわ」

「確認？」

「ええ、だって、私はあの時、エミリアさんからカイルに噂を放置されて困っていると泣かれてしまったの。だから、私だけではなく、エミリアさんまで傷ついていると思って、カイルに怒ったのよ」

私達は二人で「うーん」と考え込んだ。

「私、一度エミリアさんに確認してみるわ」

「そうだな。確かにエミリアの言動は矛盾《むじゅん》している。これは、直接会って聞いたほうがいいかもしれない。僕も一緒に行くよ」

しかし、私は少し考えてから首を横に振った。

「ううん、私一人で行ってくるわ。ケイトやマリアもいるから大丈夫よ」

「でも……」

「こういう時は同性のほうが話し易いもの。ほら？　なにか誤解していたら、可哀想でしょう？」

そう言って私は胸をポンと叩くと、得意げな顔をした。

「エミリアさん！」

カイルと仲直りして女子寮に戻った私は、早速エミリアさんに声をかけた。

ケイトに手を引かれて、エミリアさんの前に立つと、彼女のびっくりした声が女子寮の談話室に響く。

「まぁ、アリシア様！　どうしたんですか？」

「あの、少し、エミリアさんに聞きたいことがあるの。来てもらえないかしら？」

「……はい。わかりました」

エミリアさんはそう言うと、一緒にいたお友達に断ってから立ち上がったようだった。

私はケイトに、二人きりで話せるところまで連れて行って欲しいと案内を頼んだ。

「自習室までご案内いたします」

ケイトに続いて半個室になっている自習室までやってきた。

「エミリア様はこちらにどうぞ」

「はい」

「アリシアお嬢様はこちらに」

「ありがとう。ケイト」

エミリアさんと私は四人掛けのテーブルに向かい合って座った。

私はケイトを一旦下がらせてから、エミリアさんに話しかける。

「エミリアさん、突然お呼び立てしてしまってごめんなさいね」

私は努めて冷静に話すことを心がけた。すると、エミリアさんは戸惑った様子で答える。

「いえ、大丈夫です。でも、一体どうしたんですか？」

「あのね。カイルと話してエミリアさんが、なにかを誤解しているんじゃないかって」

「え？　カイル様と……？」

「ええ、さっき仲直りしたのよ？」

「……そう……なん……だ」

エミリアさんは、考え込むように途切れ途切れに返した。

「それで、エミリアさん」

私はエミリアさんの手を取って、こちらに注意を向けてもらう。

「ああ、すみません。誤解ですか？」

「ええ、この前エミリアさんと王都の噂についてお話ししたでしょう？」

「あ……はい」

「噂についてエミリアさんはカイルに相談したのよね？　それでもカイルになにもしてもらえなかったって」

「えっと……」

私は見えない目を、真っすぐにエミリアさんに向けた。

「私はちゃんと覚えているわ。誤解があったのならこの場でちゃんと教えて欲しいの。カイルはあの時点では王都の噂について知らなかったと言っているわ。私はどちらかが誤解しているんじゃないかと思っているの」

そう言って、私はエミリアさんの手をギュッと掴んだ。

「痛っ!!」

「え？」

「アリシア様！　やめてください！　痛いですわ」

突然エミリアさんが大きな声で騒ぎ出した。

しかし、私は、それよりも重要なことに気付いて呆然としていたため、エミリアさんに振り払われるまま手を離してしまった。

「アリシアお嬢様！」

エミリアさんの声に、ケイトが自習室に飛び込んでくる。

「アリシア様、酷いですわ！　カイル様との喧嘩《けんか》を私のせいにするなんて！　酷すぎます！」

何故か大声で泣き出したエミリアさんが、自習室から走り去っていく。私はなにも言えずにその場に取り残された。

流石《さすが》に心配したケイトが私の傍に近寄って、そっと手を取った。

「アリシアお嬢様？　大丈夫でございますか？　一体なにがあったのですか？」

私は、今気付いた重要な事実にショックを受けたまま、ケイトのほうに顔を向けた。

「だ、大丈夫よ………」

私の様子にケイトは「部屋に戻りましょう」と言って、未だに呆然としている私の手を引いた。

自習室の外に出ると、今の騒ぎを見た学生達がざわざわと話していた。しかしそれらの言葉はほとんど私の耳に入らない。

私が考えていたのは、たった一つ。

「あの声……は、……エミリアさん？」

つい手をギュッと握ってしまった時に、エミリアさんが発した「痛っ!!」という言葉。

スタンプのことばかり考えていたから気付かなかったが、あの時、私は犯人の声を聞いたのだ。

あの時の声と同じ声だ……

私の中で、エミリアさんへの疑惑が急激に大きくなったのだった。

私は早速カイルに連絡を取った。

私の焦った様子にカイルは二つ返事で承諾すると、私達は再び図書館横のガゼボで待ち合わせた。

「アリシア！　大丈夫かい？」

カイルが走ってきた足音に、私はガゼボの椅子から立ち上がって、彼のほうに手を伸ばした。

「カイル！」

カイルは優しく私の手を取ると、そのまま引き寄せて抱きしめる。

「よかった！　なんだか様子がおかしかったからなにかあったのかと思ったよ。一体どうしたんだい？」

カイルが私の頬を撫でながら聞いた。

「わ、私、エミリアさんとお話ししたの」

「ああ、それで？」

「その話の途中で、エミリアさんの手を取って、それで強く握ってしまったの」

「ああ」

私は見えない瞳をカイルに向けた。

「その時、エミリアさんが『痛っ!!』と言ったのよ」

私の言葉にカイルが不思議そうに尋ねる。

「なにか気になることがあったのかい？」

私は自分が少し興奮していたことに気付いて、深く息を吸った。

するとカイルが心配そうに話しかける。

「アリシア、僕は君の言うことを信じるよ。だからなにか気になっているのなら話してくれないか？　僕は君の周りで起こっている不審なことをなんとか解決したいんだ」

私はこくりと頷いて、おずおずと口を開いた。

「エ、エミリアさんの声で思い出したことがあるの」

「なにをだい？」

「私は……あの声を……聞いたわ」

「どこで？」

「私……襲われた時に犯人の声を聞いたのよ。話したでしょう？　女性の声を聞いたって！　防御魔法に弾かれて『痛っ!!』と言ったのを聞いたの」

「まさか……」

カイルは信じられないとばかりに息を呑んだ。そんな彼を前にして、私は顔を強張《こわば》らせて続ける。

「あの声はエミリアさんのものだわ。あの時はスタンプのことばかり考えていたから、すぐには気付かなかったんだけど、さっき同じ声を聞いて思い出したの！」

「エミリアが……アリシアを……襲った犯人……」

カイルは考え込むように黙ってしまった。

しかし、声が同じというのは私の感覚で、証拠にはなり得ないのだ。ただ、私がそう確信しているだけで、第三者に証明できない。

あの声とエミリアさんの声が同じだと、どう証明すべきなのか、どうしたらわかってもらえるのかと考えていると、カイルが確認してきた。

「君が聞いたのは、本当にエミリアの声なんだね？」

「ええ、間違いない。どうやって証明すればいいのかわからないし、信じてもらえないかもしれないけれど……本当なのよ！」

「勿論、僕は君を信じるよ。それにアリシアがエミリアの手首を触った時、僕に聞いてきただろう？　光ってないかって。あれはどうしてなんだい？」

カイルに言われて、確かにカイルにも確認していたんだとはっと思い出した。

「犯人捜しの時、皆さんの手首を触ってスタンプを確かめたでしょう？　その時、エミリアさんにだけ微かにスタンプの痕跡を感じたの」

カイルは私の肩を掴んで、真剣な声音で言う。

「本当かい？　何故今まで黙っていたんだ？」

私は、肩を掴まれたまま俯《うつむ》いて小さな声で答えた。

「本当に微かな感覚だったの。それに、光ってもいなかったみたいだし。その後もエミリアさんは普通に話しかけてきてくれて、優しくしてくれたから、気のせいだと思って。だから、もう少し自分で証拠を集めてから、カイルに言うつもりだったのよ。それに、カイルは、エミリアさんを信用していたから中々言い出せなくて……」

カイルは、私の肩を離し、その代わりに背中に手を回して抱きしめた。

「ごめん、アリシアも悩んでいたんだね。また、僕は間違ってしまうところだったよ。でも、君の言葉はなにがあっても信じる」

無条件に私の言葉を信じてくれたカイルに、胸が熱くなり、その背に自分の腕を回す。

「今の話は、自分の婚約者と噂になっている者が自分を襲った犯人かもしれないってことだろう？」

カイルは、抱きついた私の背中を優しく撫でながら、絞り出すように呟いた。

「本当にごめん。エミリアのことは初めから友人だと紹介していたし、言い出しにくかったよね」

「そうね……。今回の喧嘩《けんか》の原因を作ったのはエミリアさんだと今は思うし、何故そんなことを？と不思議なの。でも、あの声を聞くまではエミリアさんの誤解や行き違いだと思ってた」

「アリシア、教えてくれてありがとう。エミリアのことは、僕のほうでもきちんと調査して確認するよ」

「わかったわ。実を言うと私もまだ信じられないの。だって本当に私だけの感覚だし、スタンプだって光ってなかったのよ？　それに、あの優しいエミリアさんがって気持ちもある」

私は悔しくて顔を顰《しか》める。

「確かに、僕も信じられないという気持ちが強いよ。でも、僕はそれよりも君の感覚を信じる。君を疑うことは絶対にない。君がそう感じたのなら、エミリアの件も含めて、もう一度一緒に調査しよう。エリック達の力も借りてね」

「うん、わかったわ。ありがとう。カイルに話せて本当によかった。実はね。お父様には既にエミリアさんに感じたスタンプの痕跡について相談しているの。色々提案してくれたんだけど、私が自分で解決したいと言ったのよ。声のことを思い出したんだもの。お父様にもご報告しなくちゃ」

私が話すと、カイルは突然黙り込んでしまった。

お父様にも話さないほうがよかったかしら？

私が首を傾げると、カイルが悔しそうに呟いた。

「信用も信頼も、まだまだ公爵には敵《かな》わないな」

彼の言葉に、私はカイルに微笑みを向ける。

「そんなことないわ！　カイルも信頼しているわ」

カイルはため息を吐いてから、私の肩に手を添えて宣言した。

「いつか君に、もっともっと信用してもらえるように頑張るよ。公爵には負けられないからね。じゃあ早速、エリックにエミリアの調査を頼んでみるよ。ああ、君の友達のマチルダ嬢にもね」

「わかったわ。私も一緒にいてもいいかしら？」

「そうだね。早速明日にでも話してみよう」

「ええ、ありがとう、カイル」

そうして、私は一旦女子寮に戻ったのだった。

～・～♥エミリアの笑顔♥～・～

「やったわ！　これで上手く行ったわ！」

エミリアは、目の前のカイルとアリシアの様子を見て、前世で読んだ小説の強制力を感じずにはいられなかった。

二人を仲違いさせるために噂を使ってみたが、上手く行ったようだ。

アリシアに少し涙を見せただけで、すぐにカイルを責めるなんて……笑いが止まらない。

「ふふふ、やっぱり悪役令嬢アリシアはこうでなくっちゃ。後はカイルをもっと怒らせて幻滅させればいいのよね！　結構簡単かも～」

エミリアの顔が意地悪く歪《ゆが》んだ。

そして、再び昨日までとは明らかに違う二人に視線を送る。

昨日までは、どこに行くにもアリシアのエスコートはカイルがしていたのだ。

それが、今朝は女子寮から出てくると、アリシアはそこにいたカイルを置き去りにして、侍女の手を離さずに歩いていってしまった。

どうしたらアリシアを悪役令嬢に仕立てられるのか悩んでいたのに、今、目の前で婚約者を無視して歩くアリシアは既に悪役令嬢そのものだ。

エミリアの妖しい笑い声は、誰にも聞かれることなく人気《ひとけ》のない廊下に響き渡った。

エミリアはニタニタとした笑みを引っ込めて、呆然と立ち尽くすカイルに近づいた。

「カイル様、大丈夫ですか？」

「エミリア……」

カイルは未だ心ここにあらずという感じだったが、エミリアが声をかけると、少し頭を振った。

「アリシアになにも言えなかった……。エミリアは知っていたのか？　王都で私とエミリアが噂になっているようなんだ。昨日カーライルに聞いてやっとアリシアがなにを怒っているのかを理解できたくらいで……あんな、悲しそうな、傷ついた顔を初めて見た。彼女にどう声をかけたらいいのかわからない」

エミリアは聖母のような優しい表情を浮かべると、カイルの腕を遠慮がちにさする。

「そんな噂が……申し訳ありません。私、なにも知らなくて……。カイル様、アリシア様のことは後でしっかり考えましょう。私もなにかお手伝いできるかもしれません。一度執行部に戻りましょう。今日は講堂で朝会ですし、カイル様は執行部としてご挨拶がありますよ」

「ああ、そうだったな。ありがとう、エミリア……。あっ、すまないが、あの、アリシアに教室ではなく講堂に来るよう伝えてくれないか？　恥ずかしい話、今はアリシアに話しかける勇気が出ないんだ」

カイルはエミリアにそう言うと、トボトボと歩き出した。

「ええ、わかりましたわ。でも、今はカイル様のお側にいさせてください。そんなに落ち込んでいらっしゃるカイル様を放っておけないわ」

エミリアはカイルについて歩いて、眉尻を下げる。

その光景はカイルを無視したアリシアとは対照的で、心優しいエミリアとして学生達からの評価を得たのだった。

それからも状況はエミリアの思い描いた通りに進んでいく。

アリシアとカイルはギクシャクしているし、アリシアの悪い噂は相変わらず学校内を駆け巡っている。王都の噂は沈静化してしまったものの、今はこの学校が舞台なのだ。

カイルが落ち込んでいるところを慰《なぐさ》めたのがよかったのか、エミリアは聖母や天使に例えられることが多くなった。これも物語通りだ。

アリシアに呼び出されてカイルと仲直りしたと聞いて焦ったが、それさえ上手く利用することができた。

少し声をあげて泣き真似をしただけで、アリシアは暴力令嬢として有名になったのだ。

(私の話の矛盾《むじゅん》点も有耶無耶《うやむや》になったし、本当に上手くいったわ！)

エミリアは一人、部屋で笑いが止まらなかったのだった。

第四章　疑惑の始まり

〜・〜◆アリシアと調査依頼◆〜・〜


カイルと私は、通信でエリックさんとマチルダさんを呼び出した。

「おい！　カイル、一体どうしたんだ？　こんなところに呼び出して」

私達が二人を呼び出したのは、いつもの執行部の部室でもなく、談話室内の専用ミーティングスペースでもなく、先日カイルと仲直りしたガゼボだった。

「ああ、遠くまですまない。ちょっと他の人間には聞かせられないことなんだ。ここなら防音の結界を張るのも簡単だからな」

「防音が必要なことなんだな？　マチルダに危険はないんだろうな？」

「今のところ危険はないがこの先はわからない。だが、どうしても今回は女性の協力者が必要なんだ」

するとマチルダさんが、不満そうなエリックさんを宥《なだ》めてカイルに話しかけた。

「なに言ってるの、エリック。危険かどうかより、アリシア様がお困りなら協力しないと。それに私の身は、貴方が守ってくれるのでしょう？」

「そうは言ってもなぁ、マチルダ。こんな顔して笑ってるカイルの話なんて、怖くて聞けないぜ？」

私はエリックさんの言葉に、カイルのほうに顔を向けた。

どんな顔なのかしら？

私の視線に気付いたのか、カイルは慌てた様子でエリックさんに声をかける。

「エリック！　アリシアが誤解するだろう！　まぁ、席についてくれ」

「わかったよ。さあ、マチルダ、話を聞いてみよう」

エリックさんとマチルダさんが私たちの前に座ると、カイルが静かに話し出す。

「これは本当に内密にしてほしい」

そう言ってカイルはガゼボの周りに防音の結界を張った。そして、真剣な様子で口を開く。

「エミリアを調べてくれ」

「エミリア!?」

「一体何故ですか？」

エリックさんとマチルダさんが、同時に驚きの声をあげる。

「アリシアが襲われた時に、犯人につけたスタンプの反応がエミリアからあったらしい。本当に微かな反応で光りもしなかったんだが、アリシアは反応があったと話してくれた。それに、その時に聞いた声がエミリアのものだったらしい」

「本当ですか？　アリシア嬢」

「え？　襲われた？」

エリックさんが困惑したように尋ねる。一方で、マチルダさんは私が襲われた件を知らないため、状況が理解できていないみたいだ。カイルは彼女に今までの経緯を説明した。

「エミリアか……。まぁ、確かに犯行は可能と言えば可能か……」

「まあな。灯台下暗しだ。全く考えなかったが、確かに犯行は可能かもしれない」

「そうなんですか？」

思案げに話すエリックさんとカイルを前に、マチルダさんが不思議そうに言った。

「動機はイマイチわからないが、彼女はアリシアがあの日、応接室にいることを知っていた数少ない内の一人だ。アリバイも執行部の連中は、それ程厳しく調べていない」

それに、と、カイルは今までのエミリアさんとの関係を説明する。

「そもそもエミリアが、私に協力するようになったのも、いまいち理由がわからないんだ。なんとなく有益な情報を貰えるようになって、そのまま友人、側近候補となったが、特に出世や実家への優遇などの要求もなかった。本当に無償の情報だったんだ。普通は多少なりとも見返りを要求されるものなんだが……王都での噂を考えると、王家との繋《つな》がりを欲していたかもしれないな。それには婚約者のアリシアは邪魔でしかない」

「なるほど。でも、エミリアさんは同じ男爵家ということもあり、結構仲良くさせてもらっているんです。あの家が今裕福なのは、全てエミリアさんの発明のおかげなんです。同じクラスですが、いつも優しくて友人思いの方ですし。そんなエミリアさんが、人を襲ったり貶《おとし》めたりなんか、絶対しないと思うんですが……」

納得いかないという声で、マチルダさんはカイルに疑問をぶつける。

「ああ、それは私もそう思っていたよ。だが、何故エミリアが私達の仲違いを望んでいたのか疑問なんだ。なんというか……エミリアの言動に一貫性が見られない。それに、この件がはっきりしないと、アリシアはエミリアに対してずっと不信感を抱えることにもなる。アリシア自身も、仲良くしていたエミリアを疑うことに罪悪感を抱いている。エミリアは犯人じゃない。声やスタンプも誤解や行き違いが重なり合った結果……となっても、それはそれで彼女を疑わずに済む」

カイルが答えると、マチルダさんは半信半疑な様子で言う。

「わかりました。まさかエミリアさんがとは思いますが、無実の証明も必要ということですね」

「ああ、そういうことだ。それには、やはり同じ女性のマチルダ嬢に近くで確認してもらうほうがいいだろう？　頼めるかな？」

「わかりました。お受けいたします」

「エリックもそれでいいか？」

「……ああ」

これまで黙っていたエリックさんも、了承してくれる。

「それじゃあ、二人ともよろしくお願いするよ。アリシアもそれでいいかい？」

「ええ、よろしくお願いします」

二人が庭園から去ると私も立ち上がった。するとカイルは座ったまま私の手を掴んだ。

「カイル？　私達も戻りましょう？」

「アリシア、もう少しここにいてもいいかい？」

「いいけど……どうして？」

「きっとエリックは戻ってくると思うよ」

「え？」

「さっき僕に目配せしてきたんだ。マチルダ嬢には聞かせられないなにかがあるんだろう」

カイルがそう言った時、本当にエリックさんが戻ってきた。

「カイル！　アリシア嬢！　マチルダはエミリアに心酔しているから言えないが、俺はエミリアの調査は本気でやらせてもらうよ。もちろん、無実の証明ではなくな」

「え？」

私が驚きの声をあげると、カイルはエリックに詰め寄った。

「どうして、そう思った？」

「まずはアリシア嬢を襲った犯人は、女である可能性が高い。やはり襲われたとしてもあの程度の怪我で済んだのは女性だからだと思うんだ」

「そうだな」

エリックさんの分析に、カイルはそう返す。

「それに先日のエミリアの行動は、やっぱりアリシア嬢とカイルを混乱させようとしたとしか思えない。それに……カーライルから聞いたんだ」

「なにをだ？」

「応接室でカイルがアリシア嬢と二人で言い争いになった時に、エミリアは笑っていたらしい。少なくともカーライルにはそう見えた、と」

そう言うとエリックさんはふぅと息を吐いた。続いてカイルが口を開く。

「そうか……。それに、どちらの噂もエミリアにとって都合よく働いている。つまり、彼女がこれらの噂を流した張本人……と思うのは飛躍しているかな？」

「――っ！」

カイルが厳しい口調で言った言葉に、驚いた私は思わず息を呑んだ。

「いや、それは俺も考えていた。最初の噂が立った時期を考えると、少なくとも数ヶ月前から計画されていたのかもしれない。ただ、目的がカイルを通しての王家との繋《つな》がりを作りたいのか、はたまた、アリシア嬢に嫌がらせをしたいのかがわからないがな」

カイルの推測に同意したエリックさんは、そう硬《かた》い声で言う。

「そんな……そんな前からエミリアさんは私達を貶《おとし》めようとしていたと？」

「あくまで可能性ですが……そうなります。アリシア嬢」

エリックさんはそれからカイルと今後の話をして、足早に去っていった。

ショックだった。

確かにエミリアさんは疑わしい。でも、知り合った後に、私が嫌われてしまうようなことをしてしまったのかもしれないと考えていたのだ。

それが何ヶ月も前から今回のことを企んでいたかもしれないなんて。

初対面の時のあの優しいエミリアさんはなんだったの？

全部演技なの？

「アリシア？　大丈夫かい？」

私が色々と考えていると、カイルの心配そうな声がした。

「カイル……。カイルはどう思う？　私は会う前から嫌われていたの？　初めての友達だったのに……。確かに私も疑っているけれど……優しい方だと思っていたのよ。それなのに……」

「アリシア。まだ、今はなにもわかっちゃいない。調査は始まったばかりだよ」

「そうね……」

カイルの言葉に私は大きく頷いた。そうして、私達は庭園から寮に帰ったのだった。


～・～◆アリシアと魔法◆～・～


数日後、私は調査結果を待ちながらも普通の生活を送っていた。

なんと、今日は編入して初めての魔法の授業なのだ。

「アリシア！」

女子寮を出るとカイルの声が聞こえた。

仲直りしてからは、毎日カイルが女子寮の前で待っていてくれるようになったのだ。

私は、嬉しくなって声のしたほうに笑顔を向けた。

「おはよう」

「おはよう、カイル」

挨拶の後、カイルは私の手を取り教室までエスコートしてくれた。

私達は教室に向かう間、昨日あったことや疑問に思ったこと、嫌だったこと、よかったことを話すようにしている。

前回の喧嘩《けんか》で、今後、思い違いや行き違いをしないためにと二人で決めたのだ。

魔法の授業が行われる教室に入ると、カイルが残念そうに私の手を握った。

「じゃあ、アリシア、魔法の授業を楽しむんだよ。僕はこの授業は既に履修済みで、一緒には受けられないんだ。概念の授業が終わったら、魔法を一緒に練習しよう」

「ええ、わかったわ。ありがとう、カイル」

カイルは私を席に座らせると行ってしまった。

するとすぐに周りから心ない声が響く。

「ほら、あの方があの公爵令嬢よ」

「まぁ、目も見えないのに魔法の授業を？　無駄ではないかしら？」

「でも、わたくし、あの噂は嘘で、本当はとても素敵な方だと聞きましたわよ」

「私も！　実際にナタリー様と一緒にいらしたのを見ましたが、優しく笑っていらしたわ」

「でも、エミリアさんを呼び出して暴力を振るったとか。エミリアさん、泣いていたし」

「ああ、私も聞いたわ。凄《すご》い公爵令嬢よね」

幾人かは噂を否定してくれていたが、私の評判は下がり続けているみたいだ。

「アリシア様？」

私が落ち込んでいると、突然横から話しかけられた。びっくりした私は声のほうに振り向く。

「はい？」

「サマンサです。アリシア様もこの授業を受けられるのですね。もし差し支えなければお隣よろしいですか？」

私はにっこり笑って頷いた。

「まぁ、サマンサ様、嬉しいですわ。一人では心細かったのです」

「アリシア様も魔法にご興味がおありですの？」

「はい」

「あ、あの……でも、ご存知とは思いますが、魔法の発動には……」

サマンサさんが言いにくそうに口ごもったので、私は彼女の言わんとすることを察して先に答えた。

「大丈夫ですわ、サマンサ様。魔法の発動に、見て想像することが必要なのは存じておりますの。でも、お気遣いありがとうございます」

サマンサさんの安堵《あんど》のため息が聞こえ、本当に心配してくれたんだと嬉しくなる。

「そうですのね。すみません。私ったら余計なことを」

「いえ、心配してくださったのですよね。とても嬉しいですわ。サマンサ様がいてくださると心強いので、是非、隣に座っていただきたいです。実は、カイルから私でも防御魔法ならできるかもしれないと言われていて、ワクワクしていますの」

「まぁ、防御魔法を？　今はどうされているのですか？」

「今は毎朝侍女にお願いしております」

「それはよかったです。アリシア様は高貴な方ですし、防御魔法なしでは私のほうが心配になってしまいますわ」

そうして、私は初めての魔法の授業を受けたのだった。

授業が始まると、マクスター先生という魔法学の先生が熱心に説明してくれた。

「魔法はまず、なにをしたいのか目的が明確になっていなければ発動しません。発動には願いと結果が必要なのです。皆さんは、生活魔法で明かりを点ける時には、無意識であったとしても、部屋を明るくしたいという願いと明るくなった部屋を想像しています。もちろん魔力の強さは人それぞれですので、起こせる現象は人によって大きく異なります。簡単に言うと、一部屋一部屋明かりを点けなければならない人がいる一方、一気に全ての部屋に明かりを点けられる人もいます。騎士団で使う攻撃魔法などについては、更に違いが生じます。魔力量や思いの強さも必要ですが、なにより必要なのは想像力です。魔法で生じる結果を、いかに具体的に思い浮かべるかが重要なのです」

マクスター先生の言葉に、私はなるほどと頷いた。

盲目の私は、具体的に結果を想像することが難しい。

だって、結果が見えないのだから。

例えば、私がカイルがやってくれたように体を浮かす魔法を使おうとしても、彼の姿を見たことがないのだ。

一応髪色や瞳の色は聞いているが、どんな顔をしているのかはわからない。だから、カイルが浮かぶという結果を正確には想像できない。

でも、防御魔法は自分自身が相手だから、見たことがなくても、どうにかなるかもってことね。

私は一人でうんうんと頷く。

「以上で今日の授業は終わりにします。解散。……あっ！　アリシア・ホースタインは少し残ってください」

突然先生に名前を呼ばれてびっくりしてしまったが、きっと目が見えないことを考慮してくれたんだろう。

私は、サマンサさんにお礼を言って、そのまま教室に残った。

「えっと、君がアリシア嬢かい？」

静かになった教室の様子を窺《うかが》おうとして、キョロキョロと首を振っていると、パパさんくらいの年齢の先生の声が聞こえてきた。

「はい。マクスター先生」

私が声のほうを向くと、「ほぅ」と先生が息を吐いた。

なんだか初対面の方は皆ため息を吐くのよね。何故かしら？

私が首を傾げると、更に「へぇ」と言われて困惑してしまう。

「凄《すご》いね。先輩の色彩にアンネマリー様の造形か。完璧だ。確かに先輩から連絡があるはずだ」

「え？」

「ああ、ごめんよ。アリシア嬢の父上のホースタイン公爵は、僕の学校時代の先輩なんだよ。更に母上のアンネマリー様もね」

「まぁ！　そうでしたのね。存じ上げずに申し訳ございません」

「あぁ、いいよ。気にしないで。先輩も君が編入するとなったら、僕を思い出したらしい。数年ぶりに通信が来たと思ったら、君のことばかり話していたよ」

パパさん……

パパさんが延々と先生に電話で語りかける姿が、容易に想像できて、申し訳なくなってしまう。

「なんというか……。父は少し心配性なところがありまして……」

「ハハハ。少し、ね！　いや、本当に先輩はお変わりなく、逆に安心したくらいだよ」

「え？」

「アンネマリー様に片思いしている時から、常にあんな感じだったからね」

パパさんはママさん大好きだからなぁ。

私は呆れ半分、納得半分で先生の話を聞いた。

「ああ、ごめんごめん。昔話ばかりだね。本来の目的は、まぁ本当はこういうことはいけないのだけど、君の防御魔法の発動をサポートして欲しいとお父上から頼まれたんだよ」

「お父様からですか？」

「ああ、昔はアンネマリー様を守るために、魔法が得意な僕のところに来て防御魔法を教えろと言ってきたんだけどね。お父上の防御魔法は完璧だろう？」

「はい。カイルが言うにはそのようです」

「君にもそれを教えろと煩《うるさ》いのだよ。大きな声では言えないが、カイル殿下に任せておけないと、凄《すご》い勢いだったんだ。流石《さすが》に一生徒を特別扱いはまずいと思って、学校長に相談したら、是非教えて欲しいと言われてね。もし、君さえよければ、定期的に補習という形で教えたいのだが大丈夫かい？」

「はい。私には願ってもないことですが……。先生はそれで大丈夫ですか？」

「ああ、もちろんだよ。まだまだ先輩には逆らえないしね」

パパさん……なにをしたの……と私はため息を吐いた。

「父がすみません。でも、私は嬉しいですし、助かります。先生、これからよろしくお願いします」

「ああ、こちらこそ。詳しい日程は決まったら連絡するよ」

先生は朗《ほが》らかにそう言って、その日はそのまま解散となった。


～・～◆アリシアとエミリア◆～・～

「アリシア様、お食事を一緒にどうですか？」

私は夕食のため、部屋に戻ろうとしていると、唐突にエミリアさんに声をかけられた。

あの自習室の一件からエミリアさんが私に話しかけたのは初めてのことだ。

私は全身で警戒しながらも頷いた。

確かにエミリアさんにスタンプを感じたし、あの声はエミリアさんととてもよく似ている。

でも、私にはどうにも動機がわからないのだ。

確かに、王都の噂のようにカイルに恋をしていて、私が邪魔なら簡単なのだが、私から見てエミリアさんがカイルを好きだとは思えなかった。

私はグッと掌を握りしめながらも、エミリアさんに笑顔を向けた。

「まぁ、嬉しいわ。エミリアさん」

「あの、アリシア様、この前はすみませんでした。アリシア様の力が思いの外強くて、ビックリしてしまって……。なんだか、大騒ぎになってしまいましたよね」

「そ、そうね」

確かにあの自習室の一件で、私の評判は地に落ちた。

エミリアさんを呼び出して、その態度を叱責《しっせき》するだけでなく、手を叩いたと尾ひれ背ひれがついているようだ。

その話を聞いた時のカイルの怒りようときたら、凄《すさ》まじいものだった。

今すぐエミリアさんに問い詰めに行くと憤慨するカイルを、なんとか押し止めて、調査結果が出るまで我慢してもらっているのだ。

それに、この話だってエミリアさんが言いふらしたのではなく、あの日あの場にいた人達が私達の様子を見て、そう判断しただけとも言える。

「私、アリシア様とぉ、仲直りしたくてぇ……。お待ちしていました！」

「わ、わかったわ」

どこか鼻につく話し方をするエミリアさん。それを気にしないように努めながら、こくりと頷いた。

「よかったぁ！　さぁ、では、参りましょう!!」

エミリアさんはそう言うと、やや強引に私の手を引いた。


「――皆様！　アリシア様をお連れしましたわ」

グイグイと手を引かれて歩いていると、突然エミリアさんが止まって、乱暴に手を放した。

少し痛む手のひらを撫でながら、案内の仕方にもナタリーさん達とは大きな違いがあるのだと感じた。

ナタリーさんは優しく、でも、見えない私が不安にならないようにしっかりと手を引いてくれる。そして、少しでも障害物があると言葉で方向と大きさを教えてくれるのだ。今のエミリアさんのようにグイグイ引っ張ったりはしなかった。

エミリアさんは、少し息が上がった私の背を押すと、大きな声で話し出した。

「アリシア様！　今日は折角なので私の友人達も一緒に食事をと招待しておりますの！　ほら？

アリシア様は編入してから、まだそんなにお友達がいらっしゃらないでしょう？　皆様に紹介いたしますわ！　さあさあ、お座りになって」

そう言ってエミリアさんの気配はなくなり、私は途方に暮れた。

確かに人の気配はするが、どこにテーブルがあって、椅子があるのかが、全くわからないのだ。

しかも、ここがどこかもわからない。

「ほら！　アリシア様もお座りになってください！」

エミリアさんの優しそうな声が響くが、私は動けなかった。

すると後ろからケイトの小さな声が聞こえてきた。

「アリシアお嬢様、一時の方向、一歩先に椅子がございます」

私はハッとして頷くと右に一歩足を出して、なるべく自然に見えるように椅子の背を探した。

するとケイトの言う通りに椅子があり、それを引いて腰を下ろす。

「さあ、アリシア様も席にお着きになりましたし、皆様から自己紹介をいたしましょう！」

エミリアさんの言葉に、その場にいる方々が口々に自己紹介を始めた。

エミリアさんの人脈なのか、伯爵家の令嬢から商人の娘までバラエティ豊かなメンバーが十人程度揃っていた。

残念なのは、伯爵家の令嬢達は皆王都で、私に好意的ではなかった方達だったことだ。聞いたことのある、よい印象のない声に思わず顔が引きつりそうになる。

ひと通り自己紹介が終わると、今度はエミリアさんが私に話を振ってきた。

「さあ、今度はアリシア様、よろしくお願いします」

私は所在なく立ち上がると、簡単に自己紹介を始めた。どこか流れる冷たい空気に、緊張から体が震えそうになる。

「アリシア・ホースタインです。どうぞよろしくお願いいたします」

やっとのことでそれだけ言うと腰を下ろした。

私のあっさりとした挨拶に、同じテーブルに着いている令嬢達がひそひそと囁《ささや》き合う。

「皆様、お静かに！　アリシア様は公爵令嬢ですもの！　仕方がないですわ」

エミリアさんがわざとらしくそう言うと、一人の女生徒が甲高い声で叫ぶ。

「エミリア様、今日は暗闇ディナーとはいえ、やはりお話になる時はお顔を明かりで照らしていただかないと見えませんわ！」

その時、初めてこの場に明かりがないことを知った。

「くら……やみ……？」

「ああ、アリシア様はお見えになりませんでしたわね。今日は皆様にもアリシア様の不自由を体験していただこうと、暗い部屋の中で夕食をご一緒しましょうって話していたのです。見ればすぐにわかると思って、言うのを忘れてしまいましたわ」

エミリアさんは、小馬鹿にした風にそう宣《のたま》った。

私は絶句した。

「さあ、皆様、食事がやってきましたわ。配膳《はいぜん》の時はテーブルを明かりで照らしてください」

エミリアさんの声と共にカチャカチャというお皿の音が響いた。

「アリシア様、さあ、明かりを灯してください。小さな魔法ですわ！　子供でもできる」

その時やっと私は理解した。

エミリアさんはカイルを好きではない。

そして、私を嫌っているのだ！

「お嬢様」

ショックを受けて黙っていると、後ろからケイトがそっと声をかけた。ケイトの声と周りの反応から、彼女が明かりを灯してくれたのだとわかる。

「ありがとう」

私は小さな声でお礼を言う。

「まぁ、やっぱり公爵家では生活魔法も侍女の仕事ですのね」

王都のお茶会で何度か聞いた声が、ここでも嫌味を吐く。

「そんなことは仰らないでくださいな。アリシア様がお可哀想ですわ」

エミリアさんが優しく窘《たしな》めると、今度は彼女を称賛する声があがる。

「エミリアさんはお優しいわ。だって、アリシア様の気持ちを理解しようと、こんな場まで用意されるんだもの。私、暗闇ディナーなんて初めて！」

「わたくしも！　見えない場所で食事をするなんてなんだかワクワクしますわ！」

「そんなことありません。さぁ、皆様、明かりを消してディナーをいただきましょう？　今日は見えなくても食べ易い物を用意しましたわ」

そう言って用意されていたのは、サンドイッチと冷製スープだった。

私は周りの令嬢達がキャーキャー言いながら食事をするのを、冷めた心で聞いていた。

「まあ、私のスープはどこ？」

「サンドイッチが持てませんわ！」

「キャー！　溢《こぼ》してしまったわ！」

しばらくそのような時間が過ぎると『パチ』という物音と共に、令嬢達の明るい声が響いた。

「明かりだわ！」

「まぁ、見てください！　わたくしのテーブルがグチャグチャだわ！　ふふふ」

「本当に！　楽しかったですわ！」

そんな声がしてから、エミリアさんが口を開く。

「ほら！　皆様、アリシア様のお皿を見てくださいませ！　あんなに綺麗に食べていらっしゃるわ！」

「まぁ、本当に！」

「凄《すご》いわぁ」

心無い声に、悔しくて堪《たま》らなくなる。

本来なら完璧なマナー違反だが、私はもう我慢できなかった。

私はバンっと大きな音を立てて立ち上がると、今できる一番優雅な礼を取る。

「皆様、いいご趣味をお持ちね。人を馬鹿にするのもいい加減にしてください！　……これで失礼しますわ」

そう言って、私はケイトの手を取った。

部屋を出る時、後ろからエミリアさんの声が聞こえた。

「あぁ、また、アリシア様に怒られてしまったわ！　どうしましょう……」

「怖いわ。エミリアさんが可哀想ね」

「アリシア様のための会だったのに。あんなに怒るなんて」

「でも、暗闇ディナーがこんなに難しいんですもの。学期末の晩餐会《ばんさん》は、アリシア様には難しいかもしれませんわね」

「ああ、晩餐会《ばんさん》！　フルコースは流石《さすが》に無理ですわ」

「ねぇ」

まだまだ続きそうな悪口を背中に受けて、私はその場を後にした。

私の心は怒りで一杯だった。

晒《さら》し者にされたことが悔しくて、悔しくて、悔しくて、見えない目に涙が滲《にじ》む。

ただ、今回ははっきりとわかったことがある。

エミリアさんは、他の誰でもない私をターゲットにしている。

調査報告を待たなくてはいけないし、動機もわからなかったけれど、どういうわけかエミリアさんが私を嫌っていることはよくわかった。

そして、私はエミリアさんのことを、もう優しい人とは思えなくなっていた。

~・~◆アリシアと調査報告◆~・~

学校に編入して一ヶ月が経った。

私は、寮の部屋でこの怒濤《どとう》のひと月を思い出していた。

ここでの経験は、公爵家にいたら絶対に味わえないことだった。

友達ができて、カイルと喧嘩《けんか》して、魔法を学んで……そして優しいと思っていた人に裏切られて。

あまりの濃密さにクラクラするほどだ。

そして、今日、今までエミリアさんを調査していたマチルダさんとエリックさんから報告を受けることになっていた。

カイルと仲直りしたガゼボで話を聞くことになっており、少し遅れてしまった私はそこに向かって歩いていた。

「アリシア！　こっちだよ！」

カイルの声が聞こえて、私はケイトに手を引かれながら、ガゼボに向かった。

「ごきげんよう。カイル」

「ああ、ごきげんよう」

「エリック様とマチルダさんは？」

「ああ、今マチルダ嬢から通信が入って、エリックが丁度エミリアに話しかけられてしまったらしい。先にマチルダ嬢だけが来ると言っていたが……。ああ、来たようだよ」

すると、小走り気味の女性の足音が聞こえ近くで止まった。

「ハァハァ。大変、遅くなり……申し訳ございません」

「いや、構わないよ。大丈夫かい？」

「は、はい。何故か、エミリアさんが話しかけてきたんです。まるでこの会合を知っているみたいに。なんとか私だけ抜けて来ました」

「あり得るな。エミリアは情報通だから、どこかで僕達が集まることを掴んだのかもしれない。まぁ、自分が調査されていると知ったら、気にするなと言うほうが難しいか」

カイルはそう言ってから、なにかを考えているようだった。

そして、突然周囲の音が聞こえなくなった。

カイルが防音の結界を張ったようだ。

「よし、エリックを待たなくていいから、先にマチルダ嬢の報告を聞かせてくれ」

「わかりました」

マチルダさんはなにかをガサゴソと取り出してテーブルに置いた。

「私は主に同性の友人関係を調査しました。これはエミリアさんがよく話している相手の写真です。皆身分はそれ程高くはありませんが、向上心のある方達です。友人や知人等に話を聞いたり、おかしな行動を見たりしたことがないかを、一応気付かれないように調査したつもりです」

「ああ、ありがとう」

「……私が調べた限りでは、エミリアさんに不審な点は見受けられませんでした。アリシア様が襲われた時のアリバイもしっかりとしています。勿論、それとは別に、アリシア様をお誘いしたディナーは非常識だったと言われていますが、本人はそんなつもりはなかったと。アリシア様は大丈夫でしたか？　丁度私、その時は別の場所にいて……お助けできず、すみませんでした」

「あ、いえ、私は大丈夫です。ありがとうございます」

心配そうなマチルダさんの言葉に、私は微笑んで頷いた。

マチルダさんの報告は、私を襲った犯人はエミリアさんではないというものだった。

すなわち私の聞き間違いが確定したということだ。

「そうか。わかった。じゃあ詳しい内容を説明してくれるかい？」

「はい。学校公開時のアリバイですが、確かに、模擬店の景品の補充や釣り銭を取りに行ったりと、何度か席を外していたそうです。しかし、その前後も変わった様子はなかったと。流石《さすが》に、アリシア様を襲った後なら動揺していそうなものですが、至って普通だったという話をいくつも聞きました。それに、あの模擬店の発案はエミリアさんなので、大部分の時間はそこで過ごしていたようです」

「え？　エミリアさんがあの弓矢を？」

マチルダさんの言葉に、私は目を瞬《しばたた》かせる。

「そうです。今までにないゲーム性のあるものだったので、初めは皆びっくりしたんです。半信半疑で実際にやってみると、売り上げも一番で話題になりました」

「というと？」

「模擬店といえば食べ物が一般的です。弓矢を模擬店で採用しようと考えつくなんて、凄《すご》いことなんですよ」

私はあの弓矢、もとい銃を用いた射的が、今世では知られていなかったことに驚いた。

「じゃあ、マチルダ嬢の報告結果としては、アリシアを襲った相手という観点では、エミリアの無実の証明ができたということかな？」

「そうなります。ただ、エリックとは結局別行動でしたので、彼のほうでなにがあったのかはまだ聞いておりません」

「わかった。それはエリックが来てから確認しよう。では、マチルダ嬢、エミリアの行動で他になにか気になることはなかった？」

「そうですねぇ。特にはありませんでした」

マチルダさんの報告に納得いかないところも多々あったが、取り敢えずエリックさんの報告も聞いてから判断しよう。私は彼女にお礼を伝えた。

「ありがとう。マチルダさん」

「いえ、そんな。どうもエミリアさんの親切は空回りしてしまうようです。私があのディナーについて聞いたら、涙ながらに申し訳ないことをしてしまったと肩を落としていました。本当は優しい人なんだと思います。とにかく、エミリアさんとは同じ男爵家ですので、犯人ではなくて本当によかったです」

マチルダさんは、肩の荷が下りたという風に息を吐いてから、エリックさんを待たずに退出していった。

私は、今のマチルダさんの報告内容について考えていた。

あの報告通りならば、エミリアさんは犯人ではない？　あの声は聞き間違い？

マチルダさんにはああ言ったが、でも、と疑問が残る。

確かに自分で調べようとしていた時も、エミリアさんの怪しいところなんて、全くわからなかった。

あの暗闇ディナーも、初めこそ批判されていたが、少し経つとエミリアさんの親切だったということになってしまったのだ。今では、せっかく気兼ねなく出席できるように気を使ったエミリアさんを、私が怒鳴《どな》りつけたという話になっているくらい。

先程のマチルダさんのように、悪気はなかったからということで、皆が納得しているのだ。

私は、未だに黙っているカイルに意見を聞いてみた。

「カイル？　貴方はどう思う？　私の聞き間違えかしら？」

「……」

「カイル？」

「あぁ、ごめん。どうしたの？」

「貴方はマチルダさんの報告を聞いてどう思った？　私が聞いた声はやっぱり聞き間違いだと思

う？　エミリアさんは犯人ではない？」

「そうだなぁ。取り敢えずエリックの報告も聞いてからにしよう。ただ、マチルダ嬢があのような調査結果になるのは想定内だよ」

なんとなく自信をなくしていると、カイルがそう言った。驚いた私は、キョトンとして彼のほうに顔を向ける。

「そうなの？」

「ああ、何故なら彼女は初めからエミリアは犯人じゃないという前提で動いていたからね。先入観があると、見えるものも見えなくなるよ」

「そうね。……あ！　カイル、エリック様がいらしたみたいよ」

ツカツカという足音と共にエリックさんがやってきた。

「カイル、アリシア嬢、遅くなって申し訳ない」

「いや、マチルダ嬢から状況は聞いてるよ。エミリアに捕まったんだって？」

「ああ、そうなんだ。どこから仕入れたのか、カイル達に会うんでしょとうるさくてな。誤魔化すのに時間がかかってしまった」

「わかった。ちょっと待ってくれ。結界を張る」

カイルがそう言うと、先程のように周囲の音が遮断される。

「では、報告を聞かせてくれ」

「わかった。まず、エミリアの周囲はマチルダが調査していたから、俺は王都で流れていた噂のほうから調べたんだ。すでにカイルが対処したことで下火になってはいたが、あれだけ広まっていたから、結構な人数から話が聞けたよ。まぁ、父上の権力も多少は使わせてもらったがな」

「それで？」

「貴族内での噂の出所《でどころ》ははっきりしないんだが、数人面白いことを言っている人間がいた」

「面白いこと？」

「取引先で聞いたとか、店で聞いたとか、おおよそ出所《でどころ》が貴族の中からじゃないんだよ」

「平民内でも噂になったのか？」

「おかしいだろ？　新聞とかに載ったのならまだしも、そんなことはなかった。にもかかわらず、商人の間で噂になるなんておかしな話だ。ましてや王子の噂だぞ？」

「確かにな」

「で、それとなく、ミハイルにも聞いてみたんだ。あいつは商人上がりの男爵家だから、平民にも顔がきく。ミハイル相手なら、騎士団には話さないことも話すだろ？」

「それでどうだったんだ？」

カイルは気が急くのか、間髪容れずに尋ねた。私もソワソワしながら、エリックさんの言葉を待つ。

「まぁ、ビンゴだったよ」

「なにがだ？」

「ミハイルが言うには、その噂を知っている商人達は皆、フレトケヒト男爵家と懇意にしているらしい。エミリアの実家だ」

そう言ってエリックさんは、ケイトが用意したお茶を一気に飲み干した。そして、一息吐くと再び口を開いた。

「それにな。ミハイルに聞いてもらったら、その噂はお嬢様から聞いたと言うんだ。エミリアのことだろ?」

「まぁ、そうだな」

「あの家の発明には、エミリアが深く関わっていると言われているし、商人達もすっかり信じてるというか……。」

それを聞いてカイルは、エミリアを信仰している感じだった」

それを聞いてカイルは、私の手をしっかりと握った。

エリックさんはさらに続ける。

「エミリアはヤバいかもしれないぞ。確かに、普通なら罪悪感や気まずさが生まれる場合であっても、人から信仰される程信じられていると自己肯定感が強く、自分の行動が正義だと感じるらしい」

「そうだな。エリックの見解は?」

「エミリアの声を聞いたというアリシア嬢の言葉は正しいと思う。スタンプが何故光らなかったのかはわからないがな。噂もエミリアが流した可能性が高い。エミリアなら簡単だっただろう。なんと言っても情報の扱いは上手いやつなんだ。それに、俺でさえ未だに半信半疑だ。エミリアが自分の正義に則《のっと》った行動なら、襲ったり悪意ある噂を流したりしても、全く悪いとは思わない可能性が高い。ただ、目的がイマイチわからないんだ。アリシア嬢とエミリアの接点はなかっただろう？　しかも、学校公開の時なんてほぼ初対面に近い。そんな関係の人間を襲うほど嫌ったり、恨んだりするか？」

そう矢継ぎ早に言うと、エリックさんは少し悔しそうにつけ加えた。

「それに……マチルダが、エミリアを盲目的に信じている。マチルダだけじゃないんだ。下位貴族の中には、自分の発明で家を裕福にしたエミリアに憧れているものが多い。それこそ信仰するようにな。あの通信機だってエミリアの発明だ。しかも、まだ子供の頃のだ。学校公開の時の弓矢だって、大成功だっただろ？　だからこそ、エミリアに情報も集まるのさ」

エリックさんの残念そうな声が響く。

「それでも、この件はあくまで状況証拠しかなく、動機さえわからないし、確実な証拠もないし、証人もいない。エミリアを犯人として追い詰めることはできないな」

カイルもため息を吐いた。

「そうだな。エミリアに噂を流したのはお前だろうと言っても、知りませんで終わりだ。証拠がないからな。結局は現状はなにも変わらず、警戒心だけを持って接するしかないのか？」

「執行部を辞めさせたり、カイルの側から排除したりしたら、アリシア嬢の嫉妬《しっと》や我が儘と周囲は捉えるだろうな」

そう言って、今度はエリックさんのため息が聞こえた。

「今はまだ疑いの目を持ちつつ、監視するしかなさそうだな。目的や動機だけでもわかればいいんだが」

「そうだな。その辺りはこれからも俺は調査を続けるよ」

その後カイルとエリックさんは今後の話を始めた。私は今の報告を聞いて、もしかしたら、とあることに思い至った。

私は、ある可能性に気が付いたのだ。

射的に通信機……

エミリアさんの新発明は、私が知っているものばかりなのだ。

今世にはなかったが、前世では当たり前にあったもの。

もし……目が見えていたら、前世にあって今世にないものを作ってみたりしなかっただろうか？

もし……目が見えていたら、携帯電話みたいなものが欲しいと思わなかっただろうか？

もし……目が見えていたら、その知識を使って成り上がろうと思わなかっただろうか？

もしかしたら、エミリアさんは目の見える私？

私のような転生者が他に絶対いないなんてことはないはずだ。

だって、転生している私がここにいるんだもの。

エミリアさんは……転生者なのかもしれない。

自分が気付いたことの重要性に、心臓が早鐘を打ち始める。

彼女の目的はわからないが、きっと前世の知識を使ってなにかをするつもりなのだろう。

どうやって知ったのかは不明だけど、きっと私が転生者だと知って、邪魔に思ったのかもしれない。

だって、私は前世での知識を基準に行動して、カイルにも不思議がられていたもの。気付かれても不思議じゃないわ。

この世界で大発明と言われていることが、前世の記憶からのものなら、私は十分エミリアさんのライバルになり得る。

それなら、ほぼ初対面であっても、排除対象になる可能性が高い。

「アリシア？」

「………なに？」

「どうしたんだい？　ぼーっとして。エリックは帰ってしまったよ？」

「あっ、ごめんなさい。気になることがあって。カイルはエミリアさんのことどう思う？」

「僕は、アリシアの耳と感覚を信じるよ。確かに、最初はエミリアがどうして僕の利益になるような情報を教えてくれるのか、スッキリしていなかったんだ。それが回数を重ねるうちに、どんどん信じてしまった。仲間だと思ってしまった」

カイルの悔しそうな声が響く。

「君を危険な目に遭わせた原因は僕だ。本当にすまなかった。そして、さっきエリックと話し合った結果、これからもエミリアは監視も含めて手元に置くことになった。アリシアのことを守りたい。だからこそ、絶対に一人にならないでほしい」

カイルはガシッと私を抱きしめて、心配だと呟いた。

私は、この時、もういいだろうと思った。

この優しく頼もしく、少し抜けているが、いつも私のことを一番に考えてくれる婚約者に、真実を話そう。

誰にも話したことがない突拍子もない話。

転生という言葉さえないこの世界で、信じてくれるとすればカイルしかいない。

「……カイル」

「なんだい？」

カイルは私を抱きしめながら答えた。

「カイルに話したいことがあるの」

「なんでも聞くよ」

「すごく大事なことなの」

「君が話すことはいつでも大事なことだよ」

私は、カイルの逞《たくま》しく広い胸に思いっきり抱きついてから顔を上げた。

「……私には前世の記憶があるの」

カイルにだけ聞こえるように、全ての秘密を話す。

私にカイルの顔は見えないが、一瞬彼が言葉に詰まったのが感じられた。

きっとなんのことかわからないんだろう。

「カイル、私は転生者なの」

カイルは「前世」や「転生」と小さな声で言うと、次の瞬間、私の肩を持って少し胸から離した。

「ごめん、アリシア。僕には君の言っていることが理解できない。でも、理解したい。大事なことなんだろう？」

「うん」

「詳しく教えてくれるかい？」

「もちろんよ」

そうして、私はカイルの手を取って頬に当てた。

「カイルなら話を聞いてくれると思ってた。でも、話すのはとても勇気がいることなの。カイルにそう言ってもらえて私はすごく嬉しいわ」

私は満面の笑みをカイルに向けた。

私が「よし！」と気合を入れて話し始めると、カイルの心配そうな声が聞こえてきた。

「アリシア、少し緊張しているのかい？」

「う、うん」

「お茶でも飲んで落ち着いてからにしよう。僕は君の話なら何時間だって聞けるよ」

「ありがとう。カイル」

私達はお茶を一口飲んでから、改めて向き合った。

カイルは、私がリラックスして話せるように明るく話を切り出した。

「よし！　それじゃあ聞かせてもらおうか？」

私は、ケイトに離れるように言ってから、彼女に防音結界を張ってもらった。

これで今ここで話した内容は、カイルしか知らないことになる。

本当は、ケイトにも話したほうがいいのだろうが、今は彼だけに話したかった。

私は深呼吸をしてから、ゆっくりと語り始める。

カイルには、前世のことから生まれ変わった赤ちゃんの時、子供の頃、カイルに会った頃と順を追って説明した。

途中、何度も質問されたが、取り敢えず知っていることは全てを話した。

一通り話し終わると、カイルが深く息を吐いてから話し始めた。

「なるほど、世の中不思議なことがあるんだな。信じられないが、他でもないアリシアが言うんだ。僕は信じるよ。それに今の話を聞いて納得した部分も多いんだ」

「そう？」

「ああ、君は盲目なのに、いろんなことを知りすぎてると常々思ってたんだ。今までは、君の優秀な侍女が全て説明してると思っていたんだけど、普通は馬を生き物とか言わないだろう？」

「そうね。私もビックリしてしまうのだけど、たまに全然違う呼び名がついていたりするの」

「そういうことだったのか。でも、どうして、今更このことを僕に話してくれたんだい？」

不思議そうなカイルに、私はさっき気付いたことを伝えた。

「これは憶測なんだけれど、エミリアさんも同じような転生者だと思うの」

「どうしてそう思うんだ？」

「だって、私、全部知ってるもの。エミリアさんが発明したと言われているもの全てを知っているの」

カイルは驚いたように聞いてきた。

「全部って、通信機も？　カメラも？　トランプも？」

「そうよ、全部知ってるわ。もちろん前世でね」

「じゃあ、あれらは発明というより、そうだな、発明の焼き直しだということか？」

「この世界にはなかったみたいだから、発明で間違いないとは思うわ。でも、とにかく、エミリアさんの発明は、あまりに私の前世にあったものと共通点が多すぎるの」

「そうなのか……」

「ただ、前世には魔法はなかった。お話の中だけの存在で実際にはなかったの。だから、魔法は知ってるけれど、見たことも使ったこともなかったのよ」

カイルに全てを話したことで、生まれてから常に抱えてきた重石のようなものが取れたように感じた。

胸が……軽いわ！

私が晴れ晴れとした気分でいる隣で、カイルは「うーん」と唸《うな》っている。

当たり前よね。こんな話、私だって簡単には信じられないもの。

でも、カイルは一生懸命理解しようとしてくれる。信じてくれる。

その事実に胸が熱くなった。

「そうか……。アリシア、君は、前世では目が見えていたのかい？」

カイルが遠慮がちに聞いてきた。

「ええ、見えていたわ。だから私にはわかるの。青い空も、白い雲も、色々な色の花も、風に揺れる草木も、ちゃんと見たことがある」

すると、カイルが椅子から立ち上がって、私の背後に回ると、後ろからふわりと抱きしめた。

「知っているほうが辛かっただろう……」

私は後ろから回ってきたカイルの腕を軽く掴む。

「カイル？」

「前世では見えていたのに、今、見えないことがどれだけ君にショックと絶望を与えたのか……僕には想像できないくらい、君は辛い経験をしていたんだね」

震える声で、カイルは私の体を更にきつく抱きしめる。

「それでも、僕はアリシアと出会ってから明るい君ばかりを見てきた。それがいかに凄《すご》いことなのか……僕は君を誇りに思う」

そう言われて、確かに赤ちゃんの頃、盲目と知り大泣きしたことを思い出した。

私はカイルの手を掴んで、前を向いた。目頭がじわりと熱くなり、泣きそうになる。

確かに辛いこともあったし、もどかしいこともあった。

でも……

「カイル。私には盲目であっても愛してくれる両親がいたわ。前世では叶わなかった健康な体もある。走れるなんて夢みたいだったのよ？　それに、カイル、貴方がいたわ。いつでも私は愛に包まれていて、落ち込む暇なんてなかった」

「アリシア……」

「そうね。本当にそうなんだわ。私は幸せなの。このアリシア・ホースタインとして生を受けて、本当によかった」

そして、私はカイルの方を振り向き、彼の首に手を回した。

「アリシア？」

「大好きよ。カイル」

私はカイルの首を引っ張ってから、その頬に手を当てて唇の位置を確認した。

そして、そこに初めてのキスを落としたのだ。

ほんの数秒のキスの後、カイルがビックリした声で叫んだので、私は楽しくなって笑い出す。

「――っ！　アリシア！」

そうなのだ、私は転生した。

今、この世で生きている。この世界が私の世界なんだ。

なんで、今まで私は前世の私を中心に考えていたのかしら？

なんとなく、『アリシア』をおとぎ話の主人公のように感じていた。

でも、これからはそれはやめる。

前世の私から抜け出して、アリシアとしての私を一生懸命生きていこう。

ましてや、エミリアさんが転生者として、前世に囚われているのなら、尚のことこの世界の人間として彼女と向き合っていきたい。

「アリシア？」

「大丈夫よ、カイル。貴方が、私の話を本当に信じてくれたから、私は私を本当の意味で受け入れることができたみたい。今までずっと前世の景色で周りを見ていた気がするわ。なんだか、生まれ変わった気分よ」

「そうかい？」

「うん。もし、エミリアさんが本当に転生者なら、もしかしたら、この世界を前世の世界に近づけようとしているのかもしれない。ここにないものを広めるのはそういうことだと思うの。だけどそれは違う。それでは今を生きていないと、エミリアさんに伝えたいわ」

私は、心に決めた。

私はこんなにも恵まれている。私の周りは素晴らしい人々ばかりだわ！

だから、私だけではなく、エミリアさんも含めて幸せになって欲しい。

「わかったよ。僕にはよくわからない感覚だけど……これからどうしたい？」

「まずはエミリアさんが転生者なのかを確認しないといけないわ。それに彼女の目的も。その上でちゃんと話してみたい。きっと、エミリアさんにとっては、私は邪魔な存在なのかもしれないから」

カイルは「わかった」と言って、私を抱きしめた。

「でも、君は一人で行動しないこと。危ないことは勿論禁止。転生者でも前世の記憶持ちでも、僕にとっては大きな問題じゃない。僕には、今のアリシアが一番大事なんだ」

そして、私の肩に顔を埋めると耳元で囁《ささや》いた。

「ファーストキスは君に奪われてしまったよ」

その言葉に、私の顔は一気に熱くなり火が出そうになった。

私達はしばらくそのまま抱き合っていた。

そして、一旦体を離すと手を繋《つな》いだ。いつも、どんな時も私を支えてくれた手だ。

「どんな理由であっても、エミリアがアリシアを目の敵《かたき》にするのなら、僕は全力で君を守る。これからも二人で乗り越えていこう！」

カイルの言葉に私が大きく頷くと、強い風が一瞬ザッと吹き上がった。

その風は花の香りをふわりと運んで来て、私達を包み込む。

「私も頑張るわ！」

そして、私達は一層強くお互いの手を握りしめたのだった。

私は悪役令嬢
Regina COMIC
原作＝音無砂月
漫画＝不二原理夏
1
大好評発売中！
闇使いだからって必ずしも悪役だと思うなよ
なんかじゃないっ!!
アルファポリスWebサイトにて
好評連載中！
待望のコミカライズ！
とある事件のせいで生涯を終えた桜《さくら》。自分の人生こんなものか……と落ち込んだのもつかの間、気づけばかつて読んでいた小説の世界に、悪役令嬢のクローディアとして転生していた！ しかも、闇の精霊王の加護を持つ彼女は人々に嫌われ、最期はヒロインに殺される運命で!? 前世でも今世でも破滅エンドなんて嫌！ なんとかシナリオを変えるべく、行動を開始したけど——？
ざまぁされるシナリオだけど…
闇の力で破滅エンド、回避します!!
アルファポリス 漫画
検索
B6判／定価：本体680円＋税
ISBN:978-4-434-27117-5

この作品に対する皆様のご意見・ご感想をお待ちしております。
おハガキ・お手紙は以下の宛先にお送りください。

【宛先】
〒150-6008 東京都渋谷区恵比寿 4-20-3 恵比寿ｶﾞｰﾃﾞﾝﾌﾟﾚｲｽﾀﾜｰ 8F
(株) アルファポリス　書籍感想係

メールフォームでのご意見・ご感想は右のＱＲコードから、
あるいは以下のワードで検索をかけてください。

アルファポリス　書籍の感想　検索

ご感想はこちらから

本書は、「アルファポリス」(https://www.alphapolis.co.jp/) に掲載されていたものを、改稿、加筆のうえ、書籍化したものです。

盲目《もうもく》の公爵令嬢《こうしゃくれいじょう》に転生《てんせい》しました

波湖真 (なみこまこと)

2020年　4月　5日初版発行

編集－古内沙知・宮田可南子
編集長－太田鉄平
発行者－梶本雄介
発行所－株式会社アルファポリス
〒150-6008 東京都渋谷区恵比寿4-20-3 恵比寿ｶﾞｰﾃﾞﾝﾌﾟﾚｲｽﾀﾜｰ8F
TEL 03-6277-1601 (営業)　03-6277-1602 (編集)
URL https://www.alphapolis.co.jp/
発売元－株式会社星雲社 (共同出版社・流通責任出版社)
〒112-0005 東京都文京区水道1-3-30
TEL 03-3868-3275
装丁・本文イラスト－堀泉インコ
装丁デザイン－AFTERGLOW
(レーベルフォーマットデザイン—ansyyqdesign)
印刷－中央精版印刷株式会社

価格はカバーに表示されてあります。
落丁乱丁の場合はアルファポリスまでご連絡ください。
送料は小社負担でお取り替えします。

ISBN978-4-434-27250-9 C0093